L'Ingénu

ŒUVRES PRINCIPALES

La Henriade
La Pucelle
Histoire de Charles XII
Lettres philosophiques
Zadig ou la Destinée
Le Siècle de Louis XIV
Micromégas
Essai sur les mœurs et l'esprit des nations
Candide ou l'Optimisme
Traité sur la tolérance
Dictionnaire philosophique
L'Ingénu
L'Homme aux quarante écus
La Princesse de Babylone
Les Lettres d'Amabed
Le Taureau blanc
Histoire de Jenni, ou le Sage et l'Athée

Voltaire

L'Ingénu

suivi de

L'Homme aux quarante écus

Librio

Texte intégral

L'INGÉNU

HISTOIRE VÉRITABLE

TIRÉE DES MANUSCRITS DU P. QUESNEL

CHAPITRE PREMIER

COMMENT LE PRIEUR DE NOTRE-DAME DE LA MONTAGNE ET MADEMOISELLE SA SŒUR RENCONTRÈRENT UN HURON

Un jour saint Dunstan, Irlandais de nation et saint de profession, partit d'Irlande sur une petite montagne qui vogua vers les côtes de France, et arriva par cette voiture à la baie de Saint-Malo. Quand il fut à bord, il donna la bénédiction à sa montagne, qui lui fit de profondes révérences et s'en retourna en Irlande par le même chemin qu'elle était venue.

Dunstan fonda un petit prieuré dans ces quartiers-là, et lui donna le nom de *prieuré de la Montagne,* qu'il porte encore, comme un chacun sait.

En l'année 1689, le 15 juillet au soir, l'abbé de Kerkabon, prieur de Notre-Dame de la Montagne, se promenait sur le bord de la mer avec mademoiselle de Kerkabon, sa sœur, pour prendre le frais. Le prieur, déjà un peu sur l'âge, était un très bon ecclésiastique, aimé de ses voisins, après l'avoir été autrefois de ses voisines. Ce qui lui avait donné surtout une grande considération, c'est qu'il était le seul bénéficier du pays qu'on ne fût pas obligé de porter dans son lit quand il avait soupé avec ses confrères. Il savait assez honnêtement de théologie ; et quand il était las de lire St. Augustin, il s'amusait avec Rabelais : aussi tout le monde disait du bien de lui.

Mademoiselle de Kerkabon, qui n'avait jamais été mariée, quoiqu'elle eût grande envie de l'être, conservait de la fraîcheur à l'âge de quarante-cinq ans ; son caractère était bon et sensible ; elle aimait le plaisir et était dévote.

Le prieur disait à sa sœur, en regardant la mer : « Hélas ! c'est ici que s'embarqua notre pauvre frère avec notre chère belle-sœur madame de Kerkabon, sa femme, sur la frégate *l'Hirondelle*, en 1669, pour aller servir en Canada. S'il n'avait pas été tué, nous pourrions espérer de le revoir encore.

— Croyez-vous, disait mademoiselle de Kerkabon, que notre belle-sœur ait été mangée par les Iroquois, comme on nous l'a dit ? Il est certain que si elle n'avait pas été mangée, elle serait revenue au pays. Je la pleurerai toute ma vie : c'était une femme charmante ; et notre frère, qui avait beaucoup d'esprit, aurait fait assurément une grande fortune. »

Comme ils s'attendrissaient l'un et l'autre à ce souvenir, ils virent entrer dans la baie de Rance un petit bâtiment qui arrivait avec la marée : c'étaient des Anglais qui venaient vendre quelques denrées de leur pays. Ils sautèrent à terre, sans regarder monsieur le prieur ni mademoiselle sa sœur, qui fut très choquée du peu d'attention qu'on avait pour elle.

Il n'en fut pas de même d'un jeune homme très bien fait qui s'élança d'un saut par-dessus la tête de ses compagnons, et se trouva vis-à-vis mademoiselle. Il lui fit un signe de tête, n'étant pas dans l'usage de faire la révérence. Sa figure et son ajustement attirèrent les regards du frère et de la sœur. Il était nu-tête et nu-jambes, les pieds chaussés de petites sandales, le chef orné de longs cheveux en tresses, un petit pourpoint qui serrait une taille fine et dégagée ; l'air martial et doux. Il tenait dans sa main une petite bouteille d'eau des Barbades, et dans l'autre une espèce de bourse dans laquelle était un gobelet et de très bon biscuit de mer. Il parlait français fort intelligiblement. Il présenta de son eau des Barbades à mademoiselle de Kerkabon et à monsieur son frère ; il en but avec eux ; il leur en fit reboire encore, et tout cela d'un air si simple et si naturel que le frère et la sœur en furent charmés. Ils lui offrirent leurs services, en lui demandant qui il était et où il allait. Le jeune homme leur répondit qu'il n'en savait rien, qu'il était curieux, qu'il avait voulu voir comment les côtes de France étaient faites, qu'il était venu, et allait s'en retourner.

Monsieur le prieur, jugeant à son accent qu'il n'était pas Anglais, prit la liberté de lui demander de quel pays il était. « Je suis Huron », lui répondit le jeune homme.

Mademoiselle de Kerkabon, étonnée et enchantée de voir un Huron qui lui avait fait des politesses, pria le jeune homme à souper ; il ne se fit pas prier deux fois, et tous trois allèrent de compagnie au prieuré de Notre-Dame de la Montagne.

La courte et ronde demoiselle le regardait de tous ses petits yeux, et disait de temps en temps au prieur : « Ce grand garçon-là a un teint de lis et de rose ! qu'il a une belle peau pour un Huron ! — Vous avez raison, ma sœur », disait le prieur. Elle faisait cent questions coup sur coup, et le voyageur répondait toujours fort juste.

Le bruit se répandit bientôt qu'il y avait un Huron au prieuré. La bonne compagnie du canton s'empressa d'y venir souper. L'abbé de St. Yves y vint avec mademoiselle sa sœur, jeune basse-brette, fort jolie et très bien élevée. Le bailli, le receveur des tailles, et leurs femmes, furent du souper. On plaça l'étranger entre mademoiselle de Kerkabon et mademoiselle de St. Yves. Tout le monde le regardait avec admiration; tout le monde lui parlait et l'interrogeait à la fois; le Huron ne s'en émouvait pas. Il semblait qu'il eût pris pour sa devise celle de milord Bolingbroke: *nihil admirari*. Mais à la fin, excédé de tant de bruit, il leur dit avec assez de douceur, mais avec un peu de fermeté: « Messieurs, dans mon pays on parle l'un après l'autre; comment voulez-vous que je vous réponde quand vous m'empêchez de vous entendre? » La raison fait toujours rentrer les hommes en eux-mêmes pour quelques moments: il se fit un grand silence. Monsieur le bailli, qui s'emparait toujours des étrangers dans quelque maison qu'il se trouvât et qui était le plus grand questionneur de la province, lui dit en ouvrant la bouche d'un demi-pied: « Monsieur, comment vous nommez-vous? — On m'a toujours appelé l'Ingénu, reprit le Huron, et on m'a confirmé ce nom en Angleterre, parce que je dis toujours naïvement ce que je pense, comme je fais tout ce que je veux.

— Comment, étant né Huron, avez-vous pu, monsieur, venir en Angleterre? — C'est qu'on m'y a mené; j'ai été fait, dans un combat, prisonnier par les Anglais, après m'être assez bien défendu; et les Anglais, qui aiment la bravoure, parce qu'ils sont braves et qu'ils sont aussi honnêtes que nous, m'ayant proposé de me rendre à mes parents ou de venir en Angleterre, j'acceptai le dernier parti, parce que de mon naturel j'aime passionnément à voir du pays.

— Mais, monsieur, dit le bailli avec son ton imposant, comment avez-vous pu abandonner ainsi père et mère? — C'est que je n'ai jamais connu ni père ni mère », dit l'étranger. La compagnie s'attendrit, et tout le monde répétait: *Ni père, ni mère!* « Nous lui en servirons, dit la maîtresse de maison à son frère le prieur ; que ce monsieur le Huron est intéressant ! » L'Ingénu la remercia avec une cordialité noble et fière, et lui fit comprendre qu'il n'avait besoin de rien.

« Je m'aperçois, monsieur l'Ingénu, dit le brave bailli, que vous parlez mieux français qu'il n'appartient à un Huron. — Un Français, dit-il, que nous avions pris dans ma grande jeunesse en Huronie, et pour qui je conçus beaucoup d'amitié, m'enseigna sa langue ; j'apprends très vite ce que je veux apprendre. J'ai trouvé en arrivant à Plymouth un de vos Français réfugiés que vous appelez *huguenots*, je ne sais pourquoi ; il m'a fait faire quelques progrès dans la connaissance de votre langue ; et dès que j'ai pu m'exprimer intelligiblement, je suis venu voir votre pays, parce que j'aime assez les Français quand ils ne font pas trop de questions. »

L'abbé de St. Yves, malgré ce petit avertissement, lui demanda laquelle des trois langues lui plaisait davantage, la huronne, l'anglaise, ou la française. « La huronne, sans contredit, répondit l'Ingénu. — Est-il possible ? s'écria mademoiselle de Kerkabon ; j'avais toujours cru que le français était la plus belle de toutes les langues après le bas-breton. »

Alors ce fut à qui demanderait à l'Ingénu comment on disait en huron du tabac, et il répondait *taya ;* comment on disait manger, et il répondait *essenten*. Mademoiselle de Kerkabon voulut absolument savoir comment on disait faire l'amour ; il lui répondit *trovander*[a], et soutint, non sans apparence de raison, que ces mots-là valaient bien les mots français et anglais qui leur correspondaient. *Trovander* parut très joli à tous les convives.

Monsieur le prieur, qui avait dans sa bibliothèque la grammaire huronne dont le révérend P. Sagar

a. Tous ces noms sont en effet hurons.

Théodat, récollet, fameux missionnaire, lui avait fait présent, sortit de table un moment pour l'aller consulter. Il revint tout haletant de tendresse et de joie ; il reconnut l'Ingénu pour un vrai Huron. On disputa un peu sur la multiplicité des langues, et on convint que, sans l'aventure de la tour de Babel, toute la terre aurait parlé français.

L'interrogeant bailli, qui jusque-là s'était défié un peu du personnage, conçut pour lui un profond respect ; il lui parla avec plus de civilité qu'auparavant, de quoi l'Ingénu ne s'aperçut pas.

Mademoiselle de St. Yves était fort curieuse de savoir comment on faisait l'amour au pays des Hurons. « En faisant de belles actions, répondit-il, pour plaire aux personnes qui vous ressemblent. » Tous les convives applaudirent avec étonnement. Mademoiselle de St. Yves rougit et fut fort aise. Mademoiselle de Kerkabon rougit aussi, mais elle n'était pas si aise : elle fut un peu piquée que la galanterie ne s'adressât pas à elle ; mais elle était si bonne personne que son affection pour le Huron n'en fut point du tout altérée. Elle lui demanda, avec beaucoup de bonté, combien il avait eu de maîtresses en Huronie. « Je n'en ai jamais eu qu'une, dit l'Ingénu ; c'était mademoiselle Abacaba, la bonne amie de ma chère nourrice ; les joncs ne sont pas plus droits, l'hermine n'est pas plus blanche, les moutons sont moins doux, les aigles moins fiers, et les cerfs ne sont pas si légers que l'était Abacaba. Elle poursuivait un jour un lièvre dans notre voisinage, environ à cinquante lieues de notre habitation ; un Algonquin mal élevé, qui habitait cent lieues plus loin, vint lui prendre son lièvre ; je le sus, j'y courus, je terrassai l'Algonquin d'un coup de massue, je l'amenai aux pieds de ma maîtresse, pieds et poings liés. Les parents d'Abacaba voulurent le manger ; mais je n'eus jamais de goût pour ces sortes de festins ; je lui rendis sa liberté, j'en fis un ami. Abacaba fut si touchée de mon procédé qu'elle me préféra à tous ses amants. Elle m'aimerait encore si elle n'avait pas été mangée par un ours : j'ai puni l'ours, j'ai porté longtemps sa peau ; mais cela ne m'a pas consolé. »

Mademoiselle de St. Yves, à ce récit, sentait un plaisir secret d'apprendre que l'Ingénu n'avait eu qu'une maîtresse, et qu'Abacaba n'était plus ; mais elle ne démêlait pas la cause de son plaisir. Tout le monde fixait les yeux sur l'Ingénu ; on le louait beaucoup d'avoir empêché ses camarades de manger un Algonquin.

L'impitoyable bailli, qui ne pouvait réprimer sa fureur de questionner, poussa enfin la curiosité jusqu'à s'informer de quelle religion était monsieur le Huron ; s'il avait choisi la religion anglicane, ou la gallicane, ou la huguenote ? « Je suis de ma religion, dit-il, comme vous de la vôtre. — Hélas ! s'écria la Kerkabon, je vois bien que ces malheureux Anglais n'ont pas seulement songé à le baptiser. — Eh ! mon Dieu, disait mademoiselle de St. Yves, comment se peut-il que les Hurons ne soient pas catholiques ? Est-ce que les RR. PP. jésuites ne les ont pas tous convertis ? » L'Ingénu l'assura que dans son pays on ne convertissait personne ; que jamais un vrai Huron n'avait changé d'opinion, et que même il n'y avait point dans sa langue de terme qui signifiât *inconstance*. Ces derniers mots plurent extrêmement à mademoiselle de St. Yves.

« Nous le baptiserons, nous le baptiserons, disait la Kerkabon à monsieur le prieur ; vous en aurez l'honneur, mon cher frère ; je veux absolument être sa marraine : monsieur l'abbé de St. Yves le présentera sur les fonts ; ce sera une cérémonie bien brillante ; il en sera parlé dans toute la Basse-Bretagne, et cela nous fera un honneur infini. » Toute la compagnie seconda la maîtresse de la maison ; tous les convives criaient : « Nous le baptiserons ! » L'Ingénu répondit qu'en Angleterre on laissait vivre les gens à leur fantaisie. Il témoigna que la proposition ne lui plaisait point du tout, et que la loi des Hurons valait pour le moins la loi des Bas-Bretons ; enfin il dit qu'il repartait le lendemain. On acheva de vider sa bouteille d'eau des Barbades, et chacun s'alla coucher.

Quand on eut reconduit l'Ingénu dans sa chambre, mademoiselle de Kerkabon et son amie mademoiselle de St. Yves ne purent se tenir de regarder par le trou d'une large serrure pour voir comment dormait un Huron. Elles virent qu'il avait étendu la couverture du lit sur le plancher, et qu'il reposait dans la plus belle attitude du monde.

CHAPITRE SECOND

LE HURON, NOMMÉ L'INGÉNU, RECONNU DE SES PARENTS

L'Ingénu, selon sa coutume, s'éveilla avec le soleil, au chant du coq, qu'on appelle en Angleterre et en Huronie *la trompette du jour*. Il n'était pas comme la bonne compagnie, qui languit dans un lit oiseux jusqu'à ce que le soleil ait fait la moitié de son tour, qui ne peut ni dormir ni se lever, qui perd tant d'heures précieuses dans cet état mitoyen entre la vie et la mort, et qui se plaint encore que la vie est trop courte.

Il avait déjà fait deux ou trois lieues, il avait tué trente pièces de gibier à balle seule, lorsqu'en rentrant il trouva monsieur le prieur de Notre-Dame de la Montagne et sa discrète sœur, se promenant en bonnet de nuit dans leur petit jardin. Il leur présenta toute sa chasse, et en tirant de sa chemise une espèce de petit talisman qu'il portait toujours à son cou, il les pria de l'accepter en reconnaissance de leur bonne réception. « C'est ce que j'ai de plus précieux, leur dit-il ; on m'a assuré que je serais toujours heureux tant que je porterais ce petit brimborion sur moi, et je vous le donne afin que vous soyez toujours heureux. »

Le prieur et mademoiselle sourirent avec attendrissement de la naïveté de l'Ingénu. Ce présent consistait en deux petits portraits assez mal faits, attachés ensemble avec une courroie fort grasse.

Mademoiselle de Kerkabon lui demanda s'il y avait des peintres en Huronie. « Non, dit l'Ingénu ; cette rareté me vient de ma nourrice ; son mari l'avait eue par conquête, en dépouillant quelques Français du Canada qui nous avaient fait la guerre ; c'est tout ce que j'en ai su. »

Le prieur regardait attentivement ces portraits ; il changea de couleur, il s'émut, ses mains tremblèrent. « Par Notre-Dame de la Montagne, s'écria-t-il, je crois que voilà le visage de mon frère le capitaine et de sa femme ! » Mademoiselle, après les avoir considérés avec la même émotion, en jugea de même. Tous deux étaient saisis d'étonnement et d'une joie mêlée de douleur ; tous deux s'attendrissaient ; tous deux pleuraient ; leur cœur palpitait ; ils poussaient des cris ; ils s'arrachaient les portraits ; chacun d'eux les prenait et les rendait vingt fois en une seconde ; ils dévoraient des yeux les portraits et le Huron ; ils lui demandaient l'un après l'autre, et tous deux à la fois, en quel lieu, en quel temps, comment ces miniatures étaient tombées entre les mains de sa nourrice ; ils rapprochaient, ils comptaient les temps depuis le départ du capitaine ; ils se souvenaient d'avoir eu nouvelle qu'il avait été jusqu'au pays des Hurons, et que depuis ce temps ils n'en avaient jamais entendu parler.

L'Ingénu leur avait dit qu'il n'avait connu ni père ni mère. Le prieur, qui était homme de sens, remarqua que l'Ingénu avait un peu de barbe ; il savait très bien que les Hurons n'en ont point. « Son menton est cotonné, il est donc fils d'un homme d'Europe ; mon frère et ma belle-sœur ne parurent plus après l'expédition contre les Hurons, en 1669; mon neveu devait alors être à la mamelle; la nourrice huronne lui a sauvé la vie et lui a servi de mère.» Enfin, après cent questions et cent réponses, le prieur et sa sœur conclurent que le Huron était leur propre neveu. Ils l'embrassaient en versant des larmes; et l'Ingénu riait, ne pouvant s'imaginer qu'un Huron fût neveu d'un prieur bas-breton.

Toute la compagnie descendit; monsieur de St. Yves, qui était grand physionomiste, compara les deux portraits avec le visage de l'Ingénu; il fit très habilement remarquer qu'il avait les yeux de sa mère, le front et le nez de feu monsieur le capitaine de Kerkabon, et des joues qui tenaient de l'un et de l'autre.

Mademoiselle de St. Yves, qui n'avait jamais vu le père ni la mère, assura que l'Ingénu leur ressemblait parfaitement. Ils admiraient tous la Providence et l'enchaînement des événements de ce monde. Enfin on était si persuadé, si convaincu de la naissance de l'Ingénu, qu'il consentit lui-même à être neveu de monsieur le prieur, en disant qu'il aimait autant l'avoir pour son oncle qu'un autre.

On alla rendre grâce à Dieu dans l'église de Notre-Dame de la Montagne, tandis que le Huron, d'un air indifférent, s'amusait à boire dans la maison.

Les Anglais qui l'avaient amené, et qui étaient prêts à mettre à la voile, vinrent lui dire qu'il était temps de partir. «Apparemment, leur dit-il, que vous n'avez pas retrouvé vos oncles et vos tantes: je reste ici; retournez à Plymouth, je vous donne toutes mes hardes, je n'ai plus besoin de rien au monde puisque je suis le neveu d'un prieur.» Les Anglais mirent à la voile, en se souciant fort peu que l'Ingénu eût des parents ou non en Basse-Bretagne.

Après que l'oncle, la tante, et la compagnie, eurent chanté le *Te Deum;* après que le bailli eut encore accablé l'Ingénu de questions ; après qu'on eut épuisé tout ce que l'étonnement, la joie, la tendresse, peuvent faire dire, le prieur de la Montagne et l'abbé de St. Yves conclurent à faire baptiser l'Ingénu au plus vite. Mais il n'en était pas d'un grand Huron de vingt-deux ans comme d'un enfant qu'on régénère sans qu'il en sache rien. Il fallait l'instruire, et cela paraissait difficile : car l'abbé de St. Yves supposait qu'un homme qui n'était pas né en France n'avait pas le sens commun.

Le prieur fit observer à la compagnie que, si en effet monsieur l'Ingénu, son neveu, n'avait pas eu le bonheur de naître en Basse-Bretagne, il n'en avait pas moins d'esprit ; qu'on en pouvait juger par toutes ses réponses, et que sûrement la nature l'avait beaucoup favorisé, tant du côté paternel que du maternel.

On lui demanda d'abord s'il avait jamais lu quelque livre. Il dit qu'il avait lu Rabelais traduit en anglais, et quelques morceaux de Shakespeare qu'il savait par cœur ; qu'il avait trouvé ces livres chez le capitaine du vaisseau qui l'avait amené de l'Amérique à Plymouth, et qu'il en était fort content. Le bailli ne manqua pas de l'interroger sur ces livres. « Je vous avoue, dit l'Ingénu, que j'ai cru en deviner quelque chose, et que je n'ai pas entendu le reste. »

L'abbé de St. Yves, à ce discours, fit réflexion que c'était ainsi que lui-même avait toujours lu, et que la plupart des hommes ne lisaient guère autrement. « Vous avez sans doute lu la *Bible* ? dit-il au Huron. — Point du tout, monsieur l'abbé ; elle n'était pas parmi les livres de mon capitaine ; je n'en ai jamais entendu parler. — Voilà comme sont ces maudits Anglais, criait mademoiselle de Kerkabon ; ils feront plus de cas d'une pièce de Shakespeare, d'un plum-pudding et d'une bouteille de rhum que du *Pentateuque*. Aussi n'ont-ils jamais converti personne en Amérique. Certainement ils sont maudits de Dieu ; et nous leur prendrons la Jamaïque et la Virginie avant qu'il soit peu de temps. »

Quoi qu'il en soit, on fit venir le plus habile tailleur de Saint-Malo pour habiller l'Ingénu de pied en cap. La compagnie se sépara ; le bailli alla faire ses questions ailleurs. Mademoiselle de St. Yves, en partant, se retourna plusieurs fois pour regarder l'Ingénu ; et il lui fit des révérences plus profondes qu'il n'en avait jamais fait à personne en sa vie.

Le bailli, avant de prendre congé, présenta à mademoiselle de St. Yves un grand nigaud de fils qui sortait du collège ; mais à peine le regarda-t-elle, tant elle était occupée de la politesse du Huron.

CHAPITRE TROISIÈME

LE HURON, NOMMÉ L'INGÉNU, CONVERTI

Monsieur le prieur, voyant qu'il était un peu sur l'âge, et que Dieu lui envoyait un neveu pour sa consolation, se mit en tête qu'il pourrait lui résigner son bénéfice s'il réussissait à le baptiser, et à le faire entrer dans les ordres.

L'Ingénu avait une mémoire excellente. La fermeté des organes de Basse-Bretagne, fortifiée par le climat du Canada, avait rendu sa tête si vigoureuse que, quand on frappait dessus, à peine le sentait-il ; et quand on gravait dedans, rien ne s'effaçait ; il n'avait jamais rien oublié. Sa conception était d'autant plus vive et plus nette que, son enfance n'ayant point été chargée des inutilités et des sottises qui accablent la nôtre, les choses entraient dans sa cervelle sans nuage. Le prieur résolut enfin de lui faire lire le Nouveau Testament. L'Ingénu le dévora avec beaucoup de plaisir ; mais, ne sachant ni dans quel temps ni dans quel pays toutes les aventures rapportées dans ce livre étaient arrivées, il ne douta point que le lieu de la scène ne fût en Basse-Bretagne ; et il jura qu'il couperait le nez et les oreilles à Caïphe et à Pilate si jamais il rencontrait ces marauds-là.

Son oncle, charmé de ces bonnes dispositions, le mit au fait en peu de temps ; il loua son zèle ; mais il lui apprit que ce zèle était inutile, attendu que ces gens-là étaient morts il y avait environ seize cent quatre-vingt-dix années. L'Ingénu sut bientôt presque tout le livre par cœur. Il proposait quelquefois des difficultés qui mettaient le prieur fort en peine. Il était obligé souvent de consulter l'abbé de St. Yves, qui, ne sachant que répondre, fit venir un jésuite bas-breton pour achever la conversion du Huron.

Enfin la grâce opéra ; l'Ingénu promit de se faire chrétien ; il ne douta pas qu'il ne dût commencer par être circoncis ; « car, disait-il, je ne vois pas dans le livre qu'on m'a fait lire un seul personnage qui ne l'ait été ; il est donc évident que je dois faire le sacrifice de mon prépuce : le plus tôt c'est le mieux ». Il ne délibéra point : il envoya chercher le chirurgien du village, et le pria de lui faire l'opération, comptant réjouir infiniment mademoiselle de Kerkabon et toute la compagnie quand une fois la chose serait faite. Le frater, qui n'avait point encore fait cette opération, en avertit la famille, qui jeta les hauts cris. La bonne Kerkabon trembla que son neveu, qui paraissait résolu et expéditif, ne se fît lui-même l'opération très maladroitement, et qu'il n'en résultât de tristes effets auxquels les dames s'intéressent toujours par bonté d'âme.

Le prieur redressa les idées du Huron ; il lui remontra que la circoncision n'était plus de mode ; que le baptême était beaucoup plus doux et plus salutaire ; que la loi de grâce n'était pas comme la loi de rigueur. L'Ingénu, qui avait beaucoup de bon sens et de droiture, disputa, mais reconnut son erreur, ce qui est assez rare en Europe aux gens qui disputent ; enfin il promit de se faire baptiser quand on voudrait.

Il fallait auparavant se confesser ; et c'était là le plus difficile. L'Ingénu avait toujours en poche le livre que son oncle lui avait donné. Il n'y trouvait pas qu'un seul apôtre se fût confessé, et cela le rendait très rétif. Le prieur lui ferma la bouche en lui montrant, dans l'épître de saint Jacques le Mineur, ces mots qui font tant de peine aux hérétiques : *Confessez vos péchés les uns aux autres*. Le Huron se tut, et se confessa à un récollet. Quand il eut fini, il tira le récollet du confessionnal, et, saisissant son homme d'un bras vigoureux, il se mit à sa place, et le fit mettre à genoux devant lui : « Allons, mon ami, il est dit : *Confessez-vous les uns aux autres ;* je t'ai conté mes péchés, tu ne sortiras pas d'ici que tu ne m'aies conté les tiens. » En parlant ainsi, il appuyait son large genou contre la poitrine de son adverse partie. Le récollet pousse des hurlements qui font retentir l'église. On accourt au bruit, on voit le catéchumène qui gourmait le moine au nom de saint Jacques le Mineur. La joie de baptiser un Bas-Breton huron et anglais était si grande qu'on passa par-dessus ces singularités. Il y eut même beaucoup de théologiens qui pensèrent que la confession n'était pas nécessaire, puisque le baptême tenait lieu de tout.

On prit jour avec l'évêque de Saint-Malo, qui, flatté comme on peut le croire, de baptiser un Huron, arriva dans un pompeux équipage, suivi de son clergé. Mademoiselle de St. Yves, en bénissant Dieu, mit sa plus belle robe et fit venir une coiffeuse de Saint-Malo pour briller à la cérémonie. L'interrogeant bailli accourut avec toute la contrée. L'église était magnifiquement parée ; mais quand il fallut prendre le Huron pour le mener aux fonts baptismaux, on ne le trouva point.

L'oncle et la tante le cherchèrent partout. On crut qu'il était à la chasse, selon sa coutume. Tous les conviés à la fête parcoururent les bois et les villages voisins : point de nouvelles du Huron.

On commençait à craindre qu'il ne fût retourné en Angleterre. On se souvenait de lui avoir entendu dire qu'il aimait fort ce pays-là. Monsieur le prieur et sa sœur étaient persuadés qu'on n'y baptisait personne, et tremblaient pour l'âme de leur neveu. L'évêque était confondu et prêt à s'en retourner ; le prieur et l'abbé de St. Yves se désespéraient ; le bailli interrogeait tous les passants avec sa gravité ordinaire. Mademoiselle de Kerkabon pleurait. Mademoiselle de St. Yves ne pleurait pas, mais elle poussait de profonds soupirs qui semblaient témoigner son goût pour les sacrements. Elles se promenaient tristement le long des saules et des roseaux qui bordent la petite rivière de Rance, lorsqu'elles aperçurent au milieu de la rivière une grande figure assez blanche, les deux mains croisées sur la poitrine. Elles jetèrent un grand cri et se détournèrent. Mais, la curiosité l'emportant bientôt sur toute autre considération, elles se coulèrent doucement entre les roseaux ; et quand elles furent bien sûres de n'être point vues, elles voulurent voir de quoi il s'agissait.

CHAPITRE QUATRIÈME

L'INGÉNU BAPTISÉ

Le prieur et l'abbé, étant accourus, demandèrent à l'Ingénu ce qu'il faisait là. « Eh parbleu ! Messieurs, j'attends le baptême : il y a une heure que je suis dans l'eau jusqu'au cou et il n'est pas honnête de me laisser morfondre.

— Mon cher neveu, lui dit tendrement le prieur, ce n'est pas ainsi qu'on baptise en Basse-Bretagne ; reprenez vos habits et venez avec nous. » Mademoiselle de St. Yves, en entendant ce discours, disait tout bas à sa compagne : « Mademoiselle, croyez-vous qu'il reprenne sitôt ses habits ? »

Le Huron cependant repartit au prieur : « Vous ne m'en ferez pas accroire cette fois-ci comme l'autre ; j'ai bien étudié depuis ce temps-là, et je suis très certain qu'on ne se baptise pas autrement. L'eunuque de la reine Candace fut baptisé dans un ruisseau ; je vous défie de me montrer dans le livre que vous m'avez donné qu'on s'y soit jamais pris d'une autre façon. Je ne serai point baptisé du tout, ou je le serai dans la rivière. » On eut beau lui remontrer que les usages avaient changé, l'Ingénu était têtu, car il était Breton et Huron. Il revenait toujours à l'eunuque de la reine Candace ; et quoique mademoiselle sa tante et mademoiselle de St. Yves, qui l'avaient observé entre les saules, fussent en droit de lui dire qu'il ne lui appartenait pas de citer un pareil homme, elles n'en firent pourtant rien, tant était grande leur discrétion. L'évêque vint lui-même lui parler, ce qui est beaucoup ; mais il ne gagna rien : le Huron disputa contre l'évêque.

« Montrez-moi, lui dit-il, dans le livre que m'a donné mon oncle, un seul homme qui n'ait pas été baptisé dans la rivière, et je ferai tout ce que vous voudrez. »

La tante, désespérée, avait remarqué que la première fois que son neveu avait fait la révérence, il en avait fait une plus profonde à mademoiselle de St. Yves qu'à aucune autre personne de la compagnie, qu'il n'avait pas même salué monsieur l'évêque avec ce respect mêlé de cordialité qu'il avait témoigné à cette belle demoiselle. Elle prit le parti de s'adresser à elle dans ce grand embarras ; elle la pria d'interposer son crédit pour engager le Huron à se faire baptiser de la même manière que les Bretons, ne croyant pas que son neveu pût jamais être chrétien s'il persistait à vouloir être baptisé dans l'eau courante.

Mademoiselle de St. Yves rougit du plaisir secret qu'elle sentait d'être chargée d'une si importante commission. Elle s'approcha modestement de l'Ingénu, et, lui serrant la main d'une manière tout à fait noble : « Est-ce que vous ne ferez rien pour moi ? » lui dit-elle ; et en prononçant ces mots elle baissait les yeux, et les relevait avec une grâce attendrissante. « Ah ! tout ce que vous voudrez, mademoiselle, tout ce que vous me commanderez : baptême d'eau, baptême de feu, baptême de sang, il n'y a rien que je vous refuse. » Mademoiselle de St. Yves eut la gloire de faire en deux paroles ce que ni les empressements du prieur, ni les interrogations réitérées du bailli, ni les raisonnements même de monsieur l'évêque, n'avaient pu faire. Elle sentit son triomphe ; mais elle n'en sentait pas encore toute l'étendue.

Le baptême fut administré et reçu avec toute la décence, toute la magnificence, tout l'agrément possibles. L'oncle et la tante cédèrent à monsieur l'abbé de St. Yves et à sa sœur l'honneur de tenir l'Ingénu sur les fonts. Mademoiselle de St. Yves rayonnait de joie de se voir marraine. Elle ne savait pas à quoi ce grand titre l'asservissait ; elle accepta cet honneur sans en connaître les fatales conséquences.

Comme il n'y a jamais eu de cérémonie qui ne fût suivie d'un grand dîner, on se mit à table au sortir du baptême. Les goguenards de Basse-Bretagne dirent qu'il ne fallait pas baptiser son vin. Monsieur le prieur disait que le vin, selon Salomon, réjouit le cœur de l'homme. Monsieur l'évêque ajoutait que le patriarche Juda devait lier son ânon à la vigne, et tremper son manteau dans le sang du raisin, et qu'il était bien triste qu'on n'en pût faire autant en Basse-Bretagne, à laquelle Dieu a dénié les vignes. Chacun tâchait de dire un bon mot sur le baptême de l'Ingénu, et des galanteries à la marraine. Le bailli, toujours interrogeant, demandait au Huron s'il serait fidèle à ses promesses. « Comment voulez-vous que je manque à mes promesses, répondit le Huron, puisque je les ai faites entre les mains de mademoiselle de St. Yves ? »

Le Huron s'échauffa ; il but beaucoup à la santé de sa marraine. « Si j'avais été baptisé de votre main, dit-il, je sens que l'eau froide qu'on m'a versée sur le chignon m'aurait brûlé. » Le bailli trouva cela trop poétique, ne sachant pas combien l'allégorie est familière au Canada. Mais la marraine en fut extrêmement contente.

On avait donné le nom d'Hercule au baptisé. L'évêque de Saint-Malo demandait toujours quel était ce patron dont il n'avait jamais entendu parler. Le jésuite, qui était fort savant, lui dit que c'était un saint qui avait fait douze miracles. Il y en avait un treizième qui valait les douze autres, mais dont il ne convenait pas à un jésuite de parler : c'était celui d'avoir changé cinquante filles en femmes en une seule nuit. Un plaisant qui se trouva là releva ce miracle avec énergie. Toutes les dames baissèrent les yeux, et jugèrent à la physionomie de l'Ingénu qu'il était digne du saint dont il portait le nom.

CHAPITRE CINQUIÈME

L'INGÉNU AMOUREUX

Il faut avouer que depuis ce baptême et ce dîner mademoiselle de St. Yves souhaita passionnément que monsieur l'évêque la fît encore participante de quelque beau sacrement avec monsieur Hercule l'Ingénu. Cependant, comme elle était bien élevée et fort modeste, elle n'osait convenir tout à fait avec elle-même de ses tendres sentiments ; mais, s'il lui échappait un regard, un mot, un geste, une pensée, elle enveloppait tout cela d'un voile de pudeur infiniment aimable. Elle était tendre, vive et sage.

Dès que monsieur l'évêque fut parti, l'Ingénu et mademoiselle de St. Yves se rencontrèrent sans avoir fait réflexion qu'ils se cherchaient. Ils se parlèrent sans avoir imaginé ce qu'ils se diraient. L'Ingénu lui dit d'abord qu'il l'aimait de tout son cœur, et que la belle Abacaba, dont il avait été fou dans son pays, n'approchait pas d'elle. Mademoiselle lui répondit, avec sa modestie ordinaire, qu'il fallait en parler au plus vite à monsieur le prieur son oncle et à mademoiselle sa tante, et que de son côté elle en dirait deux mots à son cher frère l'abbé de St. Yves, et qu'elle se flattait d'un consentement commun.

L'Ingénu lui répond qu'il n'avait besoin du consentement de personne, qu'il lui paraissait extrêmement ridicule d'aller demander à d'autres ce qu'on devait faire ; que, quand deux parties sont d'accord, on n'a pas besoin d'un tiers pour les accommoder. « Je ne consulte personne, dit-il, quand j'ai envie de déjeuner, ou de chasser, ou de dormir : je sais bien qu'en amour il n'est pas mal d'avoir le consentement de la personne à qui on en veut ; mais, comme ce n'est ni de mon oncle ni de ma tante que je suis amoureux, ce n'est pas à eux que je dois m'adresser dans cette affaire, et, si vous m'en croyez, vous vous passerez aussi de monsieur l'abbé de St. Yves. »

On peut juger que la belle Bretonne employa toute la délicatesse de son esprit à réduire son Huron aux termes de la bienséance. Elle se fâcha même, et bientôt se radoucit. Enfin on ne sait comment aurait fini cette conversation si, le jour baissant, monsieur l'abbé n'avait ramené sa sœur à son abbaye. L'Ingénu laissa coucher son oncle et sa tante, qui étaient un peu fatigués de la cérémonie et de leur long dîner. Il passa une partie de la nuit à faire des vers en langue huronne pour sa bien-aimée : car il faut savoir qu'il n'y a aucun pays de la terre où l'amour n'ait rendu les amants poètes.

Le lendemain, son oncle lui parla ainsi après le déjeuner, en présence de mademoiselle de Kerkabon, qui était tout attendrie : « Le ciel soit loué de ce que vous avez l'honneur, mon cher neveu, d'être chrétien et Bas-Breton ! Mais cela ne suffit pas ; je suis un peu sur l'âge ; mon frère n'a laissé qu'un petit coin de terre qui est très peu de chose ; j'ai un bon prieuré : si vous voulez seulement vous faire sous-diacre, comme je l'espère, je vous résignerai mon prieuré, et vous vivrez fort à votre aise, après avoir été la consolation de ma vieillesse. »

L'Ingénu répondit : « Mon oncle, grand bien vous fasse ! vivez tant que vous pourrez. Je ne sais pas ce que c'est que d'être sous-diacre ni que de résigner ; mais tout me sera bon pourvu que j'aie mademoiselle de St. Yves à ma disposition. — Eh ! mon Dieu ! mon neveu, que me dites-vous là ? Vous aimez donc cette belle demoiselle à la folie ? — Oui, mon oncle. — Hélas ! mon neveu, il est impossible que vous l'épousiez. — Cela est très possible, mon oncle ; car non seulement elle m'a serré la main en me quittant, mais elle m'a promis qu'elle me demanderait en mariage ; et assurément je l'épouserai. — Cela est impossible, vous dis-je ; elle est votre marraine : c'est un péché épouvantable à une marraine de serrer la main de son filleul ; il n'est pas permis d'épouser sa marraine ; les lois divines et humaines s'y opposent. — Morbleu ! mon oncle, vous vous moquez de moi ; pourquoi serait-il défendu d'épouser sa marraine, quand elle est jeune et jolie ? Je n'ai point vu dans le livre que vous m'avez donné qu'il fût mal d'épouser les filles qui ont aidé les gens à être baptisés. Je m'aperçois tous les jours qu'on fait ici une infinité de choses qui ne sont point dans votre livre, et qu'on n'y fait rien de tout ce qu'il dit : je vous avoue que cela m'étonne et me fâche.

Si on me prive de la belle St. Yves, sous prétexte de mon baptême, je vous avertis que je l'enlève, et que je me débaptise. »

Le prieur fut confondu ; sa sœur pleura. « Mon cher frère, dit-elle, il ne faut pas que notre neveu se damne ; notre saint-père le pape peut lui donner dispense, et alors il pourra être chrétiennement heureux avec ce qu'il aime. » L'Ingénu embrassa sa tante. « Quel est donc, dit-il, cet homme charmant qui favorise avec tant de bonté les garçons et les filles dans leurs amours ? Je veux lui aller parler tout à l'heure. »

On lui expliqua ce que c'était que le pape ; et l'Ingénu fut encore plus étonné qu'auparavant. « Il n'y a pas un mot de tout cela dans votre livre, mon cher oncle ; j'ai voyagé, je connais la mer ; nous sommes ici sur la côte de l'Océan ; et je quitterais mademoiselle de St. Yves pour aller demander la permission de l'aimer à un homme qui demeure vers la Méditerranée, à quatre cents lieues d'ici, et dont je n'entends point la langue ! Cela est d'un ridicule incompréhensible. Je vais sur-le-champ chez monsieur l'abbé de St. Yves, qui ne demeure qu'à une lieue de vous, et je vous réponds que j'épouserai ma maîtresse dans la journée. »

Comme il parlait encore, entra le bailli, qui, selon sa coutume, lui demanda où il allait. « Je vais me marier », dit l'Ingénu en courant ; et au bout d'un quart d'heure il était déjà chez sa belle et chère bassebrette, qui dormait encore. « Ah ! mon frère ! disait mademoiselle de Kerkabon au prieur, jamais vous ne ferez un sous-diacre de notre neveu. »

Le bailli fut très mécontent de ce voyage : car il prétendait que son fils épousât la St. Yves : et ce fils était encore plus sot et plus insupportable que son père.

CHAPITRE SIXIÈME

L'INGÉNU COURT CHEZ SA MAÎTRESSE ET DEVIENT FURIEUX

À peine l'Ingénu était arrivé, qu'ayant demandé à une vieille servante où était la chambre de sa maîtresse, il avait poussé fortement la porte mal fermée, et s'était élancé vers le lit. Mademoiselle de St. Yves, se réveillant en sursaut, s'était écriée : « Quoi ! c'est vous ! ah ! c'est vous ! arrêtez-vous, que faites-vous ? » Il avait répondu : « Je vous épouse », et en effet il l'épousait, si elle ne s'était pas débattue avec toute l'honnêteté d'une personne qui a de l'éducation.

L'Ingénu n'entendait pas raillerie ; il trouvait toutes ces façons-là extrêmement impertinentes. « Ce n'était pas ainsi qu'en usait mademoiselle Abacaba, ma première maîtresse ; vous n'avez point de probité ; vous m'avez promis mariage, et vous ne voulez point faire mariage : c'est manquer aux premières lois de l'honneur ; je vous apprendrai à tenir votre parole, et je vous remettrai dans le chemin de la vertu. »

L'Ingénu possédait une vertu mâle et intrépide, digne de son patron Hercule, dont on lui avait donné le nom à son baptême ; il allait l'exercer dans toute son étendue, lorsqu'aux cris perçants de la demoiselle plus discrètement vertueuse accourut le sage abbé de St. Yves, avec sa gouvernante, un vieux domestique dévot, et un prêtre de la paroisse. Cette vue modéra le courage de l'assaillant. « Eh, mon Dieu ! mon cher voisin, lui dit l'abbé, que faites-vous là ? — Mon devoir, répliqua le jeune homme ; je remplis mes promesses, qui sont sacrées. »

Mademoiselle de St. Yves se rajusta en rougissant. On emmena l'Ingénu dans un autre appartement.

L'abbé lui remontra l'énormité du procédé. L'Ingénu se défendit sur les privilèges de la loi naturelle, qu'il connaissait parfaitement. L'abbé voulut prouver que la loi positive devait avoir tout l'avantage, et que sans les conventions faites entre les hommes, la loi de nature ne serait presque jamais qu'un brigandage naturel. « Il faut, lui disait-il, des notaires, des prêtres, des témoins, des contrats, des dispenses. » L'Ingénu lui répondit par la réflexion que les sauvages ont toujours faite : « Vous êtes donc de bien malhonnêtes gens, puisqu'il faut entre vous tant de précautions. »

L'abbé eut de la peine à résoudre cette difficulté. « Il y a, dit-il, je l'avoue, beaucoup d'inconstants et de fripons parmi nous ; et il y en aurait autant chez les Hurons s'ils étaient rassemblés dans une grande ville ; mais aussi il y a des âmes sages, honnêtes, éclairées, et ce sont ces hommes-là qui ont fait les lois. Plus on est homme de bien, plus on doit s'y soumettre : on donne l'exemple aux vicieux, qui respectent un frein que la vertu s'est donné elle-même. »

Cette réponse frappa l'Ingénu. On a déjà remarqué qu'il avait l'esprit juste. On l'adoucit par des paroles flatteuses ; on lui donna des espérances : ce sont les deux pièges où les hommes des deux hémisphères se prennent ; on lui présenta même mademoiselle de St. Yves, quand elle eut fait sa toilette. Tout se passa avec la plus grande bienséance ; mais, malgré cette décence, les yeux étincelants de l'Ingénu Hercule firent toujours baisser ceux de sa maîtresse, et trembler la compagnie.

On eut une peine extrême à le renvoyer chez ses parents. Il fallut encore employer le crédit de la belle St. Yves ; plus elle sentait son pouvoir sur lui, et plus elle l'aimait. Elle le fit partir, et en fut très affligée ; enfin, quand il fut parti, l'abbé, qui non seulement était le frère très aîné de mademoiselle de St. Yves, mais qui était aussi son tuteur, prit le parti de soustraire sa pupille aux empressements de cet amant terrible. Il alla consulter le bailli, qui, destinant toujours son fils à la sœur de l'abbé, lui conseilla de mettre la pauvre fille dans une communauté. Ce fut un coup terrible : une indifférente qu'on mettrait en couvent jetterait les hauts cris ; mais une amante, et une amante aussi sage que tendre, c'était de quoi la mettre au désespoir.

L'Ingénu, de retour chez le prieur, raconta tout avec sa naïveté ordinaire. Il essuya les mêmes remontrances, qui firent quelque effet sur son esprit, et aucun sur ses sens ; mais le lendemain, quand il voulut retourner chez sa belle maîtresse pour raisonner avec elle sur la loi naturelle et sur la loi de convention, monsieur le bailli lui apprit avec une joie insultante qu'elle était dans un couvent. « Eh bien ! dit-il, j'irai raisonner dans ce couvent. — Cela ne se peut », dit le bailli. Il lui expliqua fort au long ce que c'était qu'un couvent ou un convent ; que ce mot venait du latin *conventus,* qui signifie assemblée ; et le Huron ne pouvait comprendre pourquoi il ne pouvait pas être admis dans l'assemblée. Sitôt qu'il fut instruit que cette assemblée était une espèce de prison où l'on tenait les filles renfermées, chose horrible, inconnue chez les Hurons et chez les Anglais, il devint aussi furieux que le fut son patron Hercule lorsque Euryte, roi d'Œchalie, non moins cruel que l'abbé de St. Yves, lui refusa sa belle Iole sa fille, non moins belle que la sœur de l'abbé. Il voulait aller mettre le feu au couvent, enlever sa maîtresse, ou se brûler avec elle. Mademoiselle de Kerkabon, épouvantée, renonçait plus que jamais à toutes les espérances de voir son neveu sous-diacre, et disait en pleurant qu'il avait le diable au corps depuis qu'il était baptisé.

CHAPITRE SEPTIÈME

L'INGÉNU REPOUSSE LES ANGLAIS

L'Ingénu, plongé dans une sombre et profonde mélancolie, se promena vers le bord de la mer, son fusil à deux coups sur l'épaule, son grand coutelas au côté, tirant de temps en temps sur quelques oiseaux, et souvent tenté de tirer sur lui-même ; mais il aimait encore la vie, à cause de mademoiselle de St. Yves. Tantôt il maudissait son oncle, sa tante, et toute la Basse-Bretagne, et son baptême ; tantôt il les bénissait, puisqu'ils lui avaient fait connaître celle qu'il aimait. Il prenait sa résolution d'aller brûler le couvent, et il s'arrêtait tout court, de peur de brûler sa maîtresse. Les flots de la Manche ne sont pas plus agités par les vents d'est et d'ouest que son cœur l'était par tant de mouvements contraires.

Il marchait à grands pas, sans savoir où, lorsqu'il entendit le son du tambour. Il vit de loin tout un peuple dont une moitié courait au rivage, et l'autre s'enfuyait.

Mille cris s'élèvent de tous côtés ; la curiosité et le courage le précipitent à l'instant vers l'endroit d'où partaient ces clameurs : il y vole en quatre bonds. Le commandant de la milice, qui avait soupé avec lui chez le prieur, le reconnut aussitôt ; il court à lui, les bras ouverts : « Ah ! c'est l'Ingénu, il combattra pour nous. » Et les milices, qui mouraient de peur, se rassurèrent et crièrent aussi : « C'est l'Ingénu ! c'est l'Ingénu !

— Messieurs, dit-il, de quoi s'agit-il ? Pourquoi êtes-vous si effarés ? a-t-on mis vos maîtresses dans des couvents ? » Alors cent voix confuses s'écrient : « Ne voyez-vous pas les Anglais qui abordent ? — Eh bien ! répliqua le Huron, ce sont de braves gens ; ils ne m'ont jamais proposé de me faire sous-diacre ; ils ne m'ont point enlevé ma maîtresse. »

Le commandant lui fit entendre que les Anglais venaient piller l'abbaye de la Montagne, boire le vin de son oncle, et peut-être enlever mademoiselle de St. Yves ; que le petit vaisseau sur lequel il avait abordé en Bretagne n'était venu que pour reconnaître la côte ; qu'ils faisaient des actes d'hostilité sans avoir déclaré la guerre au roi de France, et que la province était exposée. « Ah ! si cela est, ils violent la loi naturelle ; laissez-moi faire ; j'ai demeuré longtemps parmi eux, je sais leur langue, je leur parlerai ; je ne crois pas qu'ils puissent avoir un si méchant dessein. »

Pendant cette conversation, l'escadre anglaise approchait ; voilà le Huron qui court vers elle, se jette dans un petit bateau, arrive, monte au vaisseau amiral, et demande s'il est vrai qu'ils viennent ravager le pays sans avoir déclaré la guerre honnêtement. L'amiral et tout son bord firent de grands éclats de rire, lui firent boire du punch, et le renvoyèrent.

L'Ingénu, piqué, ne songea plus qu'à se bien battre contre ses anciens amis, pour ses compatriotes et pour monsieur le prieur. Les gentilshommes du voisinage accouraient de toutes parts ; il se joint à eux : on avait quelques canons ; il les charge, il les pointe, il les tire l'un après l'autre. Les Anglais débarquent ; il court à eux, il en tue trois de sa main, il blesse même l'amiral, qui s'était moqué de lui. Sa valeur anime le courage de toute la milice ; les Anglais se rembarquent, et toute la côte retentissait des cris de victoire : Vive le roi, vive l'Ingénu ! Chacun l'embrassait, chacun s'empressait d'étancher le sang de quelques blessures légères qu'il avait reçues. « Ah ! disait-il, si mademoiselle de St. Yves était là, elle me mettrait une compresse. »

Le bailli, qui s'était caché dans sa cave pendant le combat, vint lui faire compliment comme les autres. Mais il fut bien surpris quand il entendit Hercule l'Ingénu dire à une douzaine de jeunes gens de bonne volonté, dont il était entouré : « Mes amis, ce n'est rien d'avoir délivré l'abbaye de la Montagne ; il faut délivrer une fille. » Toute cette bouillante jeunesse prit feu à ces seules paroles. On le suivait déjà en foule, on courait au couvent. Si le bailli n'avait pas sur-le-champ averti le commandant, si on n'avait pas couru après la troupe joyeuse, c'en était fait. On ramena l'Ingénu chez son oncle et sa tante, qui le baignèrent de larmes de tendresse.

« Je vois bien que vous ne serez jamais ni sous-diacre ni prieur, lui dit l'oncle ; vous serez un officier encore plus brave que mon frère le capitaine, et probablement aussi gueux. » Et mademoiselle de Kerkabon pleurait toujours en l'embrassant, et en disant : « Il se fera tuer comme mon frère ; il vaudrait bien mieux qu'il fût sous-diacre. »

L'Ingénu, dans le combat, avait ramassé une grosse bourse remplie de guinées, que probablement l'amiral avait laissé tomber. Il ne douta pas qu'avec cette bourse il ne pût acheter toute la Basse-Bretagne, et surtout faire mademoiselle de St. Yves grande dame. Chacun l'exhorta de faire le voyage de Versailles pour y recevoir le prix de ses services. Le commandant, les principaux officiers, le comblèrent de certificats. L'oncle et la tante approuvèrent le voyage du neveu. Il devait être, sans difficulté, présenté au roi : cela seul lui donnerait un prodigieux relief dans la province. Ces deux bonnes gens ajoutèrent à la bourse anglaise un présent considérable de leurs épargnes. L'Ingénu disait en lui-même : « Quand je verrai le roi, je lui demanderai mademoiselle de St. Yves en mariage et certainement il ne me refusera pas. » Il partit donc aux acclamations de tout le canton, étouffé d'embrassements, baigné des larmes de sa tante, béni par son oncle, et se recommandant à la belle St. Yves.

CHAPITRE HUITIÈME

L'INGÉNU VA EN COUR. IL SOUPE EN CHEMIN AVEC DES HUGUENOTS

L'Ingénu prit le chemin de Saumur par le coche, parce qu'il n'y avait point alors d'autre commodité. Quand il fut à Saumur, il s'étonna de trouver la ville presque déserte, et de voir plusieurs familles qui déménageaient. On lui dit que, six ans auparavant, Saumur contenait plus de quinze mille âmes, et qu'à présent il n'y en avait pas six mille. Il ne manqua pas d'en parler à souper dans son hôtellerie. Plusieurs protestants étaient à table : les uns se plaignaient amèrement, d'autres frémissaient de colère, d'autres disaient en pleurant :

. . . . Nos dulcia linquimus arva,
Nos patriam fugimus.

L'Ingénu, qui ne savait pas le latin, se fit expliquer ces paroles, qui signifient : Nous abandonnons nos douces campagnes, nous fuyons notre patrie.

« Et pourquoi fuyez-vous votre patrie, messieurs ? — C'est qu'on veut que nous reconnaissions le pape. — Et pourquoi ne le reconnaîtriez-vous pas ? Vous n'avez donc point de marraines que vous vouliez épouser ? Car on m'a dit que c'était lui qui en donnait la permission. — Ah ! monsieur, ce pape dit qu'il est le maître du domaine des rois. — Mais, messieurs, de quelle profession êtes-vous ? — Monsieur, nous sommes pour la plupart des drapiers et des fabricants. — Si votre pape dit qu'il est le maître de vos draps et de vos fabriques, vous faites très bien de ne le pas reconnaître ; mais pour les rois, c'est leur affaire ; de quoi vous mêlez-vous ? » Alors un petit homme noir prit la parole, et exposa très savamment les griefs de la compagnie. Il parla de la révocation de l'édit de Nantes avec tant d'énergie, il déplora d'une manière si pathétique le sort de cinquante mille familles fugitives et de cinquante mille autres converties par les dragons, que l'Ingénu à son tour versa des larmes. « D'où vient donc, disait-il, qu'un si grand roi, dont la gloire s'étend jusque chez les Hurons, se prive ainsi de tant de cœurs qui l'auraient aimé, et de tant de bras qui l'auraient servi ? — C'est qu'on l'a trompé comme les autres grands rois, répondit l'homme noir. On lui a fait croire que, dès qu'il aurait dit un mot, tous les hommes penseraient comme lui ; et qu'il nous ferait changer de religion comme son musicien Lulli fait changer en un moment les décorations de ses opéras. Non seulement il perd déjà cinq à six cent mille sujets très utiles, mais il s'en fait des ennemis ; et le roi Guillaume, qui est actuellement maître de l'Angleterre, a composé plusieurs régiments de ces mêmes Français qui auraient combattu pour leur monarque.

« Un tel désastre est d'autant plus étonnant que le pape régnant, à qui Louis XIV sacrifie une partie de son peuple, est son ennemi déclaré. Ils ont encore tous deux, depuis neuf ans, une querelle violente. Elle a été poussée si loin que la France a espéré enfin de voir briser le joug qui la soumet depuis tant de siècles à cet étranger et surtout de ne lui plus donner d'argent, ce qui est le premier mobile des affaires de ce monde. Il paraît donc évident qu'on a trompé ce grand roi sur ses intérêts comme sur l'étendue de son pouvoir, et qu'on a donné atteinte à la magnanimité de son cœur. »

L'Ingénu, attendri de plus en plus, demanda quels étaient les Français qui trompaient ainsi un monarque si cher aux Hurons. « Ce sont les jésuites, lui répondit-on ; c'est surtout le père de La Chaise, confesseur de

Sa Majesté. Il faut espérer que Dieu les en punira un jour, et qu'ils seront chassés comme ils nous chassent. Y a-t-il un malheur égal aux nôtres ? Mons de Louvois nous envoie de tous côtés des jésuites et des dragons.

— Oh bien ! messieurs, répliqua l'Ingénu, qui ne pouvait plus se contenir, je vais à Versailles recevoir la récompense due à mes services ; je parlerai à ce mons de Louvois : on m'a dit que c'est lui qui fait la guerre, de son cabinet. Je verrai le roi, je lui ferai connaître la vérité ; il est impossible qu'on ne se rende pas à cette vérité quand on la sent. Je reviendrai bientôt pour épouser mademoiselle de St. Yves, et je vous prie à la noce. » Ces bonnes gens le prirent alors pour un grand seigneur qui voyageait *incognito* par le coche. Quelques-uns le prirent pour le fou du roi.

Il y avait à table un jésuite déguisé qui servait d'espion au révérend père de La Chaise. Il lui rendait compte de tout, et le père de La Chaise en instruisait mons de Louvois. L'espion écrivit. L'Ingénu et la lettre arrivèrent presque en même temps à Versailles.

CHAPITRE NEUVIÈME

ARRIVÉE DE L'INGÉNU À VERSAILLES. SA RÉCEPTION À LA COUR

L'Ingénu débarque en pot de chambre[b] dans la cour des cuisines. Il demande aux porteurs de chaise à quelle heure on peut voir le roi. Les porteurs lui rient au nez, tout comme avait fait l'amiral anglais. Il les traita de même, il les battit ; ils voulurent le lui rendre, et la scène allait être sanglante s'il n'eût passé

b. C'est une voiture de Paris à Versailles, laquelle ressemble à un petit tombereau couvert.

un garde du corps, gentilhomme breton, qui écarta la canaille. « Monsieur, lui dit le voyageur, vous me paraissez un brave homme ; je suis le neveu de monsieur le prieur de Notre-Dame de la Montagne ; j'ai tué des Anglais, je viens parler au roi ; je vous prie de me mener dans sa chambre. » Le garde, ravi de trouver un brave de sa province, qui ne paraissait pas au fait des usages de la cour, lui apprit qu'on ne parlait pas ainsi au roi, et qu'il fallait être présenté par monseigneur de Louvois. « Eh bien ! menez-moi donc chez ce monseigneur de Louvois, qui sans doute me conduira chez Sa Majesté. — Il est encore plus difficile, répliqua le garde, de parler à monseigneur de Louvois qu'à Sa Majesté ; mais je vais vous conduire chez monsieur Alexandre, le premier commis de la guerre : c'est comme si vous parliez au ministre. » Ils vont donc chez ce monsieur Alexandre, premier commis, et ils ne purent être introduits ; il était en affaire avec une dame de la cour, et il y avait ordre de ne laisser entrer personne. « Eh bien ! dit le garde, il n'y a rien de perdu ; allons chez le premier commis de monsieur Alexandre : c'est comme si vous parliez à monsieur Alexandre lui-même. »

Le Huron, tout étonné, le suit ; ils restent ensemble une demi-heure dans une petite antichambre. « Qu'est-ce donc que tout ceci ? dit l'Ingénu ; est-ce que tout le monde est invisible dans ce pays-ci ? Il est bien plus aisé de se battre en Basse-Bretagne contre des Anglais que de rencontrer à Versailles les gens à qui on a affaire. » Il se désennuya en racontant ses amours à son compatriote. Mais l'heure en sonnant rappela le garde du corps à son poste. Ils se promirent de se revoir le lendemain, et l'Ingénu resta encore une autre demi-heure dans l'antichambre, en rêvant à mademoiselle de St. Yves, et à la difficulté de parler aux rois et aux premiers commis.

Enfin le patron parut. « Monsieur, lui dit l'Ingénu,

si j'avais attendu pour repousser les Anglais aussi longtemps que vous m'avez fait attendre mon audience, ils ravageraient actuellement la Basse-Bretagne tout à leur aise. » Ces paroles frappèrent le commis. Il dit enfin au Breton : « Que demandez-vous ? — Récompense, dit l'autre ; voici mes titres. » Il lui étala tous ses certificats. Le commis lut, et lui dit que probablement on lui accorderait la permission d'acheter une lieutenance. « Moi ! que je donne de l'argent pour avoir repoussé les Anglais ? que je paye le droit de me faire tuer pour vous, pendant que vous donnez ici vos audiences tranquillement ? Je crois que vous voulez rire. Je veux une compagnie de cavalerie pour rien ; je veux que le roi fasse sortir mademoiselle de St. Yves du couvent, et qu'il me la donne par mariage ; je veux parler au roi en faveur de cinquante mille familles que je prétends lui rendre. En un mot, je veux être utile ; qu'on m'emploie et qu'on m'avance.

— Comment vous nommez-vous, monsieur, qui parlez si haut ? — Oh ! oh ! reprit l'Ingénu, vous n'avez donc pas lu mes certificats ? C'est donc ainsi qu'on en use ? Je m'appelle Hercule de Kerkabon ; je suis baptisé, je loge au Cadran bleu, et je me plaindrai de vous au roi. » Le commis conclut comme les gens de Saumur, qu'il n'avait pas la tête bien saine, et n'y fit pas grande attention.

Ce même jour, le révérend père de La Chaise, confesseur de Louis XIV, avait reçu la lettre de son espion, qui accusait le Breton Kerkabon de favoriser dans son cœur les huguenots, et de condamner la conduite des jésuites. Monsieur de Louvois, de son côté, avait reçu une lettre de l'interrogeant bailli, qui dépeignait l'Ingénu comme un garnement qui voulait brûler les couvents et enlever les filles.

L'Ingénu, après s'être promené dans les jardins de Versailles, où il s'ennuya, après avoir soupé en Huron et en Bas-Breton, s'était couché dans la douce espérance de voir le roi le lendemain, d'obtenir mademoiselle de St. Yves en mariage, d'avoir au moins une compagnie de cavalerie, et de faire cesser la persécution contre les huguenots. Il se berçait de ces flatteuses idées, quand la maréchaussée entra dans sa chambre. Elle se saisit d'abord de son fusil à deux coups et de son grand sabre.

On fit un inventaire de son argent comptant, et on le mena dans le château que fit construire le roi Charles V, fils de Jean II, auprès de la rue St. Antoine, à la porte des Tournelles.

Quel était en chemin l'étonnement de l'Ingénu, je vous le laisse à penser. Il crut d'abord que c'était un rêve. Il resta dans l'engourdissement, puis tout à coup transporté d'une fureur qui redoublait ses forces, il prend à la gorge deux de ses conducteurs, qui étaient avec lui dans le carrosse, les jette par la portière, se jette après eux, et entraîne le troisième, qui voulait le retenir. Il tombe de l'effort, on le lie, on le remonte dans la voiture. « Voilà donc, disait-il, ce que l'on gagne à chasser les Anglais de la Basse-Bretagne ! Que dirais-tu, belle St. Yves, si tu me voyais dans cet état ? »

On arrive enfin au gîte qui lui était destiné. On le porte en silence dans la chambre où il devait être enfermé, comme un mort qu'on porte dans un cimetière. Cette chambre était déjà occupée par un vieux solitaire de Port-Royal, nommé Gordon, qui y languissait depuis deux ans. « Tenez, lui dit le chef des sbires, voilà de la compagnie que je vous amène » ; et sur-le-champ on referma les énormes verrous de la porte épaisse, revêtue de larges barres. Les deux captifs restèrent séparés de l'univers entier.

CHAPITRE DIXIÈME

L'INGÉNU ENFERMÉ À LA BASTILLE AVEC UN JANSÉNISTE

M. Gordon était un vieillard frais et serein, qui savait deux grandes choses : supporter l'adversité, et consoler les malheureux. Il s'avança d'un air ouvert et compatissant vers son compagnon, et lui dit en l'embrassant : « Qui que vous soyez, qui venez partager mon tombeau, soyez sûr que je m'oublierai toujours moi-même pour adoucir vos tourments dans l'abîme infernal où nous sommes plongés. Adorons la Providence qui nous y a conduits, souffrons en paix, et espérons. » Ces paroles firent sur l'âme de l'Ingénu l'effet des gouttes d'Angleterre, qui rappellent un mourant à la vie, et lui font entr'ouvrir des yeux étonnés.

Après les premiers compliments, Gordon, sans le presser de lui apprendre la cause de son malheur, lui inspira, par la douceur de son entretien, et par cet intérêt que prennent deux malheureux l'un à l'autre, le désir d'ouvrir son cœur et de déposer le fardeau qui l'accablait ; mais il ne pouvait deviner le sujet de son malheur : cela lui paraissait un effet sans cause ; et le bonhomme Gordon était aussi étonné que lui-même.

« Il faut, dit le janséniste au Huron, que Dieu ait de grands desseins sur vous, puisqu'il vous a conduit du lac Ontario en Angleterre et en France, qu'il vous a fait baptiser en Basse-Bretagne, et qu'il vous a mis ici pour votre salut. — Ma foi, répondit l'Ingénu, je crois que le diable s'est mêlé seul de ma destinée. Mes compatriotes d'Amérique ne m'auraient jamais traité avec la barbarie que j'éprouve : ils n'en ont pas d'idée. On les appelle *sauvages ;* ce sont des gens de bien grossiers, et les hommes de ce pays-ci sont des coquins raffinés. Je suis, à la vérité, bien surpris d'être venu d'un autre monde pour être enfermé dans celui-ci sous quatre verrous avec un prêtre ; mais je fais réflexion au nombre prodigieux d'hommes qui partent d'un hémisphère pour aller se faire tuer dans l'autre, ou qui font naufrage en chemin, et qui sont mangés des poissons : je ne vois pas les gracieux desseins de Dieu sur tous ces gens-là. »

On leur apporta à dîner par un guichet. La conversation roula sur la Providence, sur les lettres de cachet, et sur l'art de ne pas succomber aux disgrâces auxquelles tout homme est exposé dans ce monde. « Il y a deux ans que je suis ici, dit le vieillard, sans autre consolation que moi-même et des livres ; je n'ai pas eu un moment de mauvaise humeur.

— Ah ! monsieur Gordon, s'écria l'Ingénu, vous n'aimez donc pas votre marraine ? Si vous connaissiez comme moi mademoiselle de St. Yves, vous seriez au désespoir. » À ces mots il ne put retenir ses larmes, et il se sentit alors un peu moins oppressé. « Mais, dit-il, pourquoi donc les larmes soulagent-elles ? Il me semble qu'elles devraient faire un effet contraire.

— Mon fils, tout est physique en nous, dit le bon vieillard ; toute sécrétion fait du bien au corps ; et tout ce qui le soulage soulage l'âme : nous sommes les machines de la Providence. »

L'Ingénu, qui, comme nous l'avons dit plusieurs fois, avait un grand fonds d'esprit, fit de profondes réflexions sur cette idée, dont il semblait qu'il avait la semence en lui-même. Après quoi il demanda à son compagnon pourquoi sa machine était depuis deux ans sous quatre verrous. « Par la grâce efficace, répondit Gordon ; je passe pour janséniste : j'ai connu Arnauld et Nicole ; les jésuites nous ont persécutés. Nous croyons que le pape n'est qu'un évêque comme un autre ; et c'est pour cela que le père de La Chaise a obtenu du roi, son pénitent, un ordre de me ravir, sans aucune formalité de justice, le bien le plus précieux des hommes, la liberté.

— Voilà qui est bien étrange, dit l'Ingénu; tous les malheureux que j'ai rencontrés ne le sont qu'à cause du pape. À l'égard de votre grâce efficace, je vous avoue que je n'y entends rien; mais je regarde comme une grande grâce que Dieu m'ait fait trouver dans mon malheur un homme comme vous, qui verse dans mon cœur des consolations dont je me croyais incapable. »

Chaque jour la conversation devenait plus intéressante et plus instructive. Les âmes des deux captifs s'attachaient l'une à l'autre. Le vieillard savait beaucoup, et le jeune homme voulait beaucoup apprendre. Au bout d'un mois il étudia la géométrie; il la dévorait. Gordon lui fit lire la *Physique* de Rohault, qui était encore à la mode, et il eut le bon esprit de n'y trouver que des incertitudes.

Ensuite il lut le premier volume de la *Recherche de la vérité*. Cette nouvelle lumière l'éclaira. « Quoi! dit-il, notre imagination et nos sens nous trompent à ce point! quoi! les objets ne forment point nos idées, et nous ne pouvons nous les donner nous-mêmes. » Quand il eut lu le second volume, il ne fut plus si content, et il conclut qu'il est plus aisé de détruire que de bâtir.

Son confrère, étonné qu'un jeune ignorant fît cette réflexion, qui n'appartient qu'aux âmes exercées, conçut une grande idée de son esprit, et s'attacha à lui davantage.

« Votre Malebranche, lui dit un jour l'Ingénu, me paraît avoir écrit la moitié de son livre avec sa raison, et l'autre avec son imagination et ses préjugés. »

Quelques jours après, Gordon lui demanda: « Que pensez-vous donc de l'âme, de la manière dont nous recevons nos idées, de notre volonté, de la grâce, du libre arbitre? — Rien, lui repartit l'Ingénu; si je pensais quelque chose, c'est que nous sommes sous la puissance de l'Être éternel comme les astres et les éléments ; qu'il fait tout en nous, que nous sommes de petites roues de la machine immense dont il est l'âme ; qu'il agit par des lois générales, et non par des vues particulières : cela seul me paraît intelligible ; tout le reste est pour moi un abîme de ténèbres.

— Mais, mon fils, ce serait faire Dieu auteur du péché.

— Mais, mon père, votre grâce efficace ferait Dieu auteur du péché aussi : car il est certain que tous ceux à qui cette grâce serait refusée pécheraient ; et qui nous livre au mal n'est-il pas l'auteur du mal ? »

Cette naïveté embarrassait fort le bonhomme ; il sentait qu'il faisait de vains efforts pour se tirer de ce bourbier ; et il entassait tant de paroles qui paraissaient avoir du sens et qui n'en avaient point (dans le goût de la prémotion physique), que l'Ingénu en avait pitié. Cette question tenait évidemment à l'origine du bien et du mal ; et alors il fallait que le pauvre Gordon passât en revue la boîte de Pandore, l'œuf d'Orosmade percé par Arimane, l'inimitié entre Typhon et Osiris, et enfin le péché originel ; et ils couraient l'un et l'autre dans cette nuit profonde, sans jamais se rencontrer. Mais enfin ce roman de l'âme détournait leur vue de la contemplation de leur propre misère, et, par un charme étrange, la foule des calamités répandues sur l'univers diminuait la sensation de leurs peines : ils n'osaient se plaindre quand tout souffrait.

Mais, dans le repos de la nuit, l'image de la belle St. Yves effaçait dans l'esprit de son amant toutes les idées de métaphysique et de morale. Il se réveillait les yeux mouillés de larmes ; et le vieux janséniste oubliait sa grâce efficace, et l'abbé de Saint-Cyran, et Jansénius, pour consoler un jeune homme qu'il croyait en péché mortel.

Après leurs lectures, après leurs raisonnements, ils parlaient encore de leurs aventures ; et, après en avoir inutilement parlé, ils lisaient ensemble ou séparément. L'esprit du jeune homme se fortifiait de plus en plus. Il serait surtout allé très loin en mathématiques sans les distractions que lui donnait mademoiselle de St. Yves.

Il lut des histoires, elles l'attristèrent. Le monde lui parut trop méchant et trop misérable. En effet, l'histoire n'est que le tableau des crimes et des malheurs. La foule des hommes innocents et paisibles disparaît toujours sur ces vastes théâtres. Les personnages ne sont que des ambitieux pervers. Il semble que l'histoire ne plaise que comme la tragédie, qui languit si elle n'est animée par les passions, les forfaits, et les grandes infortunes. Il faut armer Clio du poignard, comme Melpomène.

Quoique l'histoire de France soit remplie d'horreurs, ainsi que toutes les autres, cependant elle lui parut si dégoûtante dans ses commencements, si sèche dans son milieu, si petite enfin, même du temps de Henri IV, toujours si dépourvue de grands monuments, si étrangère à ces belles découvertes qui ont illustré d'autres nations, qu'il était obligé de lutter contre l'ennui pour lire tous ces détails de calamités obscures resserrées dans un coin du monde.

Gordon pensait comme lui. Tous deux riaient de pitié quand il était question des souverains de Fezensac, de Fesansaguet, et d'Astarac. Cette étude en effet ne serait bonne que pour leurs héritiers, s'ils en avaient. Les beaux siècles de la république romaine le rendirent quelque temps indifférent pour le reste de la terre. Le spectacle de Rome victorieuse et législatrice des nations occupait son âme entière. Il s'échauffait en contemplant ce peuple qui fut gouverné sept cents ans par l'enthousiasme de la liberté et de la gloire.

Ainsi se passaient les jours, les semaines, les mois ; et il se serait cru heureux dans le séjour du désespoir, s'il n'avait point aimé.

Son bon naturel s'attendrissait encore sur le prieur

de Notre-Dame de la Montagne, et sur la sensible Kerkabon. « Que penseront-ils, répétait-il souvent, quand ils n'auront point de mes nouvelles ? Ils me croiront un ingrat. » Cette idée le tourmentait ; il plaignait ceux qui l'aimaient, beaucoup plus qu'il ne se plaignait lui-même.

CHAPITRE ONZIÈME

COMMENT L'INGÉNU DÉVELOPPE SON GÉNIE

La lecture agrandit l'âme, et un ami éclairé la console. Notre captif jouissait de ces deux avantages, qu'il n'avait pas soupçonnés auparavant. « Je serais tenté, dit-il, de croire aux métamorphoses, car j'ai été changé de brute en homme. » Il se forma une bibliothèque choisie d'une partie de son argent dont on lui permettait de disposer. Son ami l'encouragea à mettre par écrit ses réflexions. Voici ce qu'il écrivit sur l'histoire ancienne :

« Je m'imagine que les nations ont été longtemps comme moi, qu'elles ne se sont instruites que fort tard, qu'elles n'ont été occupées pendant des siècles que du moment présent qui coulait, très peu du passé, et jamais de l'avenir. J'ai parcouru cinq ou six cents lieues du Canada, je n'y ai pas trouvé un seul monument ; personne n'y sait rien de ce qu'a fait son bisaïeul. Ne serait-ce pas là l'état naturel de l'homme ? L'espèce de ce continent-ci me paraît supérieure à celle de l'autre. Elle a augmenté son être depuis plusieurs siècles par les arts et par les connaissances. Est-ce parce qu'elle a de la barbe au menton, et que Dieu a refusé la barbe aux Américains ? Je ne le crois pas : car je vois que les Chinois n'ont presque point de barbe, et qu'ils cultivent les arts depuis plus de cinq mille années. En effet, s'ils ont plus de quatre mille ans d'annales, il faut bien que la nation ait été rassemblée et florissante depuis plus de cinquante siècles.

« Une chose me frappe surtout dans cette ancienne histoire de la Chine, c'est que presque tout y est vraisemblable et naturel. Je l'admire en ce qu'il n'y a rien de merveilleux.

« Pourquoi toutes les autres nations se sont-elles donné des origines fabuleuses ? Les anciens chroniqueurs de l'histoire de France, qui ne sont pas fort anciens, font venir les Français d'un Francus, fils d'Hector ; les Romains se disaient issus d'un Phrygien, quoiqu'il n'y eût pas dans leur langue un seul mot qui eût le moindre rapport à la langue de Phrygie ; les dieux avaient habité dix mille ans en Égypte, et les diables, en Scythie, où ils avaient engendré les Huns. Je ne vois avant Thucydide que des romans semblables aux Amadis, et beaucoup moins amusants. Ce sont partout des apparitions, des oracles, des prodiges, des sortilèges, des métamorphoses, des songes expliqués, et qui font la destinée des plus grands empires et des plus petits États : ici des bêtes qui parlent, là des bêtes qu'on adore, des dieux transformés en hommes, et des hommes transformés en dieux. Ah ! s'il nous faut des fables, que ces fables soient du moins l'emblème de la vérité ! J'aime les fables des philosophes, je ris de celles des enfants, et je hais celles des imposteurs. »

Il tomba un jour sur une histoire de l'empereur Justinien. On y lisait que des apédeutes de Constantinople avaient donné, en très mauvais grec, un édit contre le plus grand capitaine du siècle, parce que ce héros avait prononcé ces paroles dans la chaleur de la conversation : « La vérité luit de sa propre lumière, et on n'éclaire pas les esprits avec les flammes des bûchers. » Les apédeutes assurèrent que cette proposition était hérétique, sentant l'hérésie, et que l'axiome contraire était catholique, universel, et grec : « On n'éclaire les esprits qu'avec la flamme des bûchers, et la vérité ne saurait luire de sa propre lumière. » Ces linostoles condamnèrent ainsi plusieurs discours du capitaine, et donnèrent un édit.

« Quoi ! s'écria l'Ingénu, des édits rendus par ces gens-là !

— Ce ne sont point des édits, répliqua Gordon, ce sont des contr'édits dont tout le monde se moquait à Constantinople, et l'empereur tout le premier : c'était un sage prince, qui avait su réduire les apédeutes linostoles à ne pouvoir faire que du bien. Il savait que ces messieurs-là et plusieurs autres pastophores avaient lassé de contr'édits la patience des empereurs ses prédécesseurs en matière plus grave.

— Il fit fort bien, dit l'Ingénu ; on doit soutenir les pastophores et les contenir. »

Il mit par écrit beaucoup d'autres réflexions qui épouvantèrent le vieux Gordon. « Quoi ! dit-il en lui-même, j'ai consumé cinquante ans à m'instruire, et je crains de ne pouvoir atteindre au bon sens naturel de cet enfant presque sauvage ! je tremble d'avoir laborieusement fortifié des préjugés ; il n'écoute que la simple nature. »

Le bonhomme avait quelques-uns de ces petits livres de critique, de ces brochures périodiques où des hommes incapables de rien produire dénigrent les productions des autres, où les Visé insultent aux Racine, et les Faydit aux Fénelon. L'Ingénu en parcourut quelques-uns. « Je les compare, disait-il, à certains moucherons qui vont déposer leurs œufs dans le derrière des plus beaux chevaux : cela ne les empêche pas de courir. » À peine les deux philosophes daignèrent-ils jeter les yeux sur ces excréments de la littérature.

Ils lurent bientôt ensemble les éléments de l'astronomie ; l'Ingénu fit venir des sphères : ce grand spectacle le ravissait. « Qu'il est dur, disait-il, de ne commencer à connaître le ciel que lorsqu'on me ravit le droit de le contempler ! Jupiter et Saturne roulent dans ces espaces immenses ; des millions de soleils éclairent des milliards de mondes ; et dans le coin de terre où je suis jeté, il se trouve des êtres qui me privent, moi être voyant et pensant, de tous ces mondes où ma vue pourrait atteindre, et de celui où Dieu m'a fait naître ! La lumière faite pour tout l'univers est perdue pour moi. On ne me la cachait pas dans l'horizon septentrional où j'ai passé mon enfance et ma jeunesse. Sans vous, mon cher Gordon, je serais ici dans le néant. »

CHAPITRE DOUZIÈME

CE QUE L'INGÉNU PENSE DES PIÈCES DE THÉÂTRE

Le jeune Ingénu ressemblait à un de ces arbres vigoureux qui, nés dans un sol ingrat, étendent en peu de temps leurs racines et leurs branches quand ils sont transplantés dans un terrain favorable ; et il était bien extraordinaire qu'une prison fût ce terrain.

Parmi les livres qui occupaient le loisir des deux captifs, il se trouva des poésies, des traductions de tragédies grecques, quelques pièces du théâtre français. Les vers qui parlaient d'amour portèrent à la fois dans l'âme de l'Ingénu le plaisir et la douleur. Ils lui parlaient tous de sa chère St. Yves. La fable des *Deux Pigeons* lui perça le cœur ; il était bien loin de pouvoir revenir à son colombier.

Molière l'enchanta. Il lui faisait connaître les mœurs de Paris et du genre humain. « À laquelle de ses comédies donnez-vous la préférence ? — Au *Tartuffe,* sans difficulté. — Je pense comme vous, dit Gordon ; c'est un tartuffe qui m'a plongé dans ce cachot, et peut-être ce sont des tartuffes qui ont fait votre malheur. Comment trouvez-vous ces tragédies grecques ?

— Bonnes pour les Grecs, dit l'Ingénu. » Mais quand il lut l'*Iphigénie* moderne, *Phèdre, Andromaque, Athalie,* il fut en extase, il soupira, il versa des larmes, il les sut par cœur sans avoir envie de les apprendre.

« Lisez *Rodogune,* lui dit Gordon ; on dit que c'est le chef-d'œuvre du théâtre ; les autres pièces qui vous ont fait tant de plaisir sont peu de chose en comparaison. » Le jeune homme, dès la première page, lui dit : « Cela n'est pas du même auteur. — À quoi le voyez-vous ? — Je n'en sais rien encore ; mais ces vers-là ne vont ni à mon oreille ni à mon cœur. — Oh ! ce n'est rien que les vers », répliqua Gordon. L'Ingénu répondit : « Pourquoi donc en faire ? »

Après avoir lu très attentivement la pièce, sans autre dessein que celui d'avoir du plaisir, il regardait son ami avec des yeux secs et étonnés, et ne savait que dire. Enfin, pressé de rendre compte de ce qu'il avait senti, voici ce qu'il répondit : « Je n'ai guère entendu le commencement ; j'ai été révolté du milieu ; la dernière scène m'a beaucoup ému, quoiqu'elle me paraisse peu vraisemblable : je ne me suis intéressé pour personne, et je n'ai pas retenu vingt vers, moi qui les retiens tous quand ils me plaisent.

— Cette pièce passe pourtant pour la meilleure que nous ayons. — Si cela est, répliqua-t-il, elle est peut-être comme bien des gens qui ne méritent pas leurs places. Après tout, c'est ici une affaire de goût ; le mien ne doit pas encore être formé : je peux me tromper ; mais vous savez que je suis assez accoutumé à dire ce que je pense, ou plutôt ce que je sens. Je soupçonne qu'il y a souvent de l'illusion, de la mode, du caprice, dans les jugements des hommes. J'ai parlé d'après la nature ; il se peut que chez moi la nature soit très imparfaite ; mais il se peut aussi qu'elle soit quelquefois peu consultée par la plupart des hommes. » Alors il récita des vers d'*Iphigénie,* dont il était plein ; et quoiqu'il ne déclamât pas bien, il y mit tant de vérité et d'onction qu'il fit pleurer le vieux janséniste. Il lut ensuite *Cinna;* il ne pleura point, mais il admira.

CHAPITRE TREIZIÈME

LA BELLE ST. YVES VA À VERSAILLES

Pendant que notre infortuné s'éclairait plus qu'il ne se consolait ; pendant que son génie, étouffé depuis si longtemps, se déployait avec tant de rapidité et de force ; pendant que la nature, qui se perfectionnait en lui, le vengeait des outrages de la fortune, que devinrent monsieur le prieur et sa bonne sœur, et la belle recluse St. Yves ? Le premier mois, on fut inquiet, et au troisième on fut plongé dans la douleur : les fausses conjectures, les bruits mal fondés, alarmèrent ; au bout de six mois, on le crut mort. Enfin monsieur et mademoiselle de Kerkabon apprirent, par une ancienne lettre qu'un garde du roi avait écrite en Bretagne, qu'un jeune homme semblable à l'Ingénu était arrivé un soir à Versailles, mais qu'il avait été enlevé pendant la nuit, et que depuis ce temps personne n'en avait entendu parler.

« Hélas ! dit mademoiselle de Kerkabon, notre neveu aura fait quelque sottise, et se sera attiré de fâcheuses affaires. Il est jeune, il est Bas-Breton, il ne peut savoir comme on doit se comporter à la cour. Mon cher frère, je n'ai jamais vu Versailles ni Paris ; voici une belle occasion, nous retrouverons peut-être notre pauvre neveu : c'est le fils de notre frère ; notre devoir est de le secourir. Qui sait si nous ne pourrons point parvenir enfin à le faire sous-diacre, quand la fougue de la jeunesse sera amortie ? Il avait beaucoup de dispositions pour les sciences. Vous souvenez-vous comme il raisonnait sur l'Ancien et sur le Nouveau Testament? Nous sommes responsables de son âme; c'est nous qui l'avons fait baptiser; sa chère maîtresse St. Yves passe les journées à pleurer. En vérité il faut aller à Paris. S'il est caché dans quelqu'une de ces vilaines maisons de joie dont on m'a fait tant de récits, nous l'en tirerons. » Le prieur fut touché des discours de sa sœur. Il alla trouver l'évêque de Saint-Malo, qui avait baptisé le Huron, et lui demanda sa protection et ses conseils. Le prélat approuva le voyage. Il donna au prieur des lettres de recommandation pour le père de La Chaise, confesseur du roi, qui avait la première dignité du royaume, pour l'archevêque de Paris Harlay, et pour l'évêque de Meaux Bossuet.

Enfin le frère et la sœur partirent; mais, quand ils furent arrivés à Paris, ils se trouvèrent égarés comme dans un vaste labyrinthe, sans fil et sans issue. Leur fortune était médiocre, il leur fallait tous les jours des voitures pour aller à la découverte, et ils ne découvraient rien.

Le prieur se présenta chez le révérend père de La Chaise: il était avec mademoiselle du Tron, et ne pouvait donner audience à des prieurs. Il alla à la porte de l'archevêque: le prélat était enfermé avec la belle madame de Lesdiguières pour les affaires de l'Église. Il courut à la maison de campagne de l'évêque de Meaux: celui-ci examinait, avec mademoiselle de Mauléon, l'amour mystique de madame Guyon. Cependant il parvint à se faire entendre de ces deux prélats; tous deux lui déclarèrent qu'ils ne pouvaient se mêler de son neveu, attendu qu'il n'était pas sous-diacre.

Enfin il vit le jésuite; celui-ci le reçut à bras ouverts, lui protesta qu'il avait toujours eu pour lui une estime particulière, ne l'ayant jamais connu. Il jura que la Société avait toujours été attachée aux Bas-Bretons. « Mais, dit-il, votre neveu n'aurait-il pas le malheur d'être huguenot? — Non, assurément, mon révérend père. — Serait-il point janséniste ? — Je puis assurer à Votre Révérence qu'à peine est-il chrétien : il y a environ onze mois que nous l'avons baptisé. — Voilà qui est bien, voilà qui est bien ; nous aurons soin de lui. Votre bénéfice est-il considérable ? — Oh ! fort peu de chose, et mon neveu nous coûte beaucoup. — Y a-t-il quelques jansénistes dans le voisinage ? Prenez bien garde, mon cher monsieur le prieur, ils sont plus dangereux que les huguenots et les athées. — Mon révérend père, nous n'en avons point ; on ne sait ce que c'est que le jansénisme à Notre-Dame de la Montagne. — Tant mieux ; allez, il n'y a rien que je ne fasse pour vous. » Il congédia affectueusement le prieur, et n'y pensa plus.

Le temps s'écoulait, le prieur et la bonne sœur se désespéraient.

Cependant le maudit bailli pressait le mariage de son grand benêt de fils avec la belle St. Yves, qu'on avait fait sortir exprès du couvent. Elle aimait toujours son cher filleul autant qu'elle détestait le mari qu'on lui présentait. L'affront d'avoir été mise dans un couvent augmentait sa passion ; l'ordre d'épouser le fils du bailli y mettait le comble. Les regrets, la tendresse, et l'horreur bouleversaient son âme. L'amour, comme on sait, est bien plus ingénieux et plus hardi dans une jeune fille que l'amitié ne l'est dans un vieux prieur et dans une tante de quarante-cinq ans passés. De plus, elle s'était bien formée dans son couvent par les romans qu'elle avait lus à la dérobée.

La belle St. Yves se souvenait de la lettre qu'un garde du corps avait écrite en Basse-Bretagne, et dont on avait parlé dans la province. Elle résolut d'aller elle-même prendre des informations à Versailles ; de se jeter aux pieds des ministres si son mari était en prison, comme on le disait, et d'obtenir justice pour lui. Je ne sais quoi l'avertissait secrètement qu'à la cour on ne refuse rien à une jolie fille ; mais elle ne savait pas ce qu'il en coûtait.

Sa résolution prise, elle est consolée, elle est tranquille, elle ne rebute plus son sot prétendu ; elle accueille le détestable beau-père, caresse son frère, répand l'allégresse dans la maison ; puis, le jour destiné à la cérémonie, elle part secrètement à quatre heures du matin avec ses petits présents de noce, et tout ce qu'elle a pu rassembler. Ses mesures étaient si bien prises qu'elle était déjà à plus de dix lieues lorsqu'on entra dans sa chambre, vers le midi. La surprise et la consternation furent grandes. L'interrogeant bailli fit ce jour-là plus de questions qu'il n'en avait fait dans toute la semaine ; le mari resta plus sot qu'il ne l'avait jamais été. L'abbé de St. Yves, en colère, prit le parti de courir après sa sœur. Le bailli et son fils voulurent l'accompagner. Ainsi la destinée conduisait à Paris presque tout ce canton de la Basse-Bretagne.

La belle St. Yves se doutait bien qu'on la suivrait. Elle était à cheval ; elle s'informait adroitement des courriers s'ils n'avaient point rencontré un gros abbé, un énorme bailli, et un jeune benêt, qui couraient sur le chemin de Paris. Ayant appris au troisième jour qu'ils n'étaient pas loin, elle prit une route différente, et eut assez d'habileté et de bonheur pour arriver à Versailles tandis qu'on la cherchait inutilement dans Paris.

Mais comment se conduire à Versailles ? Jeune, belle, sans conseil, sans appui, inconnue, exposée à tout, comment oser chercher un garde du roi ? Elle imagina de s'adresser à un jésuite du bas étage ; il y en avait pour toutes les conditions de la vie, comme Dieu, disaient-ils, a donné différentes nourritures aux diverses espèces d'animaux. Il avait donné au roi son confesseur, que tous les solliciteurs de bénéfices appelaient *le chef de l'Église gallicane ;* ensuite venaient les confesseurs des princesses ; les ministres n'en avaient point : ils n'étaient pas si sots. Il y avait les jésuites du grand commun, et surtout les jésuites des femmes de chambre par lesquelles on savait les secrets des maîtresses ; et ce n'était pas un petit emploi. La belle St. Yves s'adressa à un de ces derniers, qui s'appelait le père Tout-à-tous. Elle se confessa à lui, lui exposa ses aventures, son état, son danger, et le conjura de la loger chez quelque bonne dévote qui la mît à l'abri des tentations.

Le père Tout-à-tous l'introduisit chez la femme d'un officier du gobelet, l'une de ses plus affidées pénitentes. Dès qu'elle y fut, elle s'empressa de gagner la confiance et l'amitié de cette femme ; elle s'informa du garde breton, et le fit prier de venir chez elle. Ayant su de lui que son amant avait été enlevé après avoir parlé à un premier commis, elle court chez ce commis : la vue d'une belle femme l'adoucit, car il faut convenir que Dieu n'a créé les femmes que pour apprivoiser les hommes.

Le plumitif attendri lui avoua tout. « Votre amant est à la Bastille depuis près d'un an, et sans vous il y serait peut-être toute sa vie. » La tendre St. Yves s'évanouit. Quand elle eut repris ses sens, le plumitif lui dit : « Je suis sans crédit pour faire du bien ; tout mon pouvoir se borne à faire du mal quelquefois. Croyez-moi, allez chez monsieur de St. Pouange, qui fait le bien et le mal, cousin et favori de monseigneur de Louvois. Ce ministre a deux âmes : monsieur de St. Pouange en est une ; madame du Belloy, l'autre ; mais elle n'est pas à présent à Versailles ; il ne vous reste que de fléchir le protecteur que je vous indique. »

La belle St. Yves, partagée entre un peu de joie et d'extrêmes douleurs, entre quelque espérance et de tristes craintes, poursuivie par son frère, adorant son amant, essuyant ses larmes et en versant encore, tremblante, affaiblie, et reprenant courage, courut vite chez monsieur de St. Pouange.

CHAPITRE QUATORZIÈME

PROGRÈS DE L'ESPRIT DE L'INGÉNU

L'Ingénu faisait des progrès rapides dans les sciences, et surtout dans la science de l'homme. La cause du développement rapide de son esprit était due à son éducation sauvage presque autant qu'à la trempe de son âme : car, n'ayant rien appris dans son enfance, il n'avait point appris de préjugés. Son entendement, n'ayant point été courbé par l'erreur, était demeuré dans toute sa rectitude. Il voyait les choses comme elles sont, au lieu que les idées qu'on nous donne dans l'enfance nous les font voir toute notre vie comme elles ne sont point. « Vos persécuteurs sont abominables, disait-il à son ami Gordon. Je vous plains d'être opprimé, mais je vous plains d'être janséniste. Toute secte me paraît le ralliement de l'erreur. Dites-moi s'il y a des sectes en géométrie ? — Non, mon cher enfant, lui dit en soupirant le bon Gordon ; tous les hommes sont d'accord sur la vérité quand elle est démontrée, mais ils sont trop partagés sur les vérités obscures. — Dites sur les faussetés obscures. S'il y avait eu une seule vérité cachée dans vos amas d'arguments qu'on ressasse depuis tant de siècles, on l'aurait découverte sans doute ; et l'univers aurait été d'accord au moins sur ce point-là. Si cette vérité était nécessaire comme le soleil l'est à la terre, elle serait brillante comme lui. C'est une absurdité, c'est un outrage au genre humain, c'est un attentat contre l'Être infini et suprême de dire : Il y a une vérité essentielle à l'homme, et Dieu l'a cachée. »

Tout ce que disait ce jeune ignorant, instruit par la nature, faisait une impression profonde sur l'esprit du vieux savant infortuné. « Serait-il bien vrai, s'écria-t-il, que je me fusse rendu malheureux pour des chimères ? Je suis bien plus sûr de mon malheur que de la grâce efficace. J'ai consumé mes jours à raisonner sur la liberté de Dieu et du genre humain ; mais j'ai perdu la mienne ; ni saint Augustin ni saint Prosper ne me tireront de l'abîme où je suis. »

L'Ingénu, livré à son caractère, dit enfin : « Voulez-vous que je vous parle avec une confiance hardie ? Ceux qui se font persécuter pour ces vaines disputes de l'école me semblent peu sages ; ceux qui persécutent me paraissent des monstres. »

Les deux captifs étaient fort d'accord sur l'injustice de leur captivité. « Je suis cent fois plus à plaindre que vous, disait l'Ingénu ; je suis né libre comme l'air ; j'avais deux vies, la liberté et l'objet de mon amour : on me les ôte. Nous voici tous deux dans les fers, sans en savoir la raison et sans pouvoir la demander. J'ai vécu Huron vingt ans ; on dit que ce sont des barbares, parce qu'ils se vengent de leurs ennemis ; mais ils n'ont jamais opprimé leurs amis. À peine ai-je mis le pied en France, que j'ai versé mon sang pour elle ; j'ai peut-être sauvé une province, et pour récompense je suis englouti dans ce tombeau des vivants, où je serais mort de rage sans vous. Il n'y a donc point de lois dans ce pays ? On condamne les hommes sans les entendre ! Il n'en est pas ainsi en Angleterre. Ah ! ce n'était pas contre les Anglais que je devais me battre. » Ainsi sa philosophie naissante ne pouvait dompter la nature outragée dans le premier de ses droits, et laissait un libre cours à sa juste colère.

Son compagnon ne le contredit point. L'absence augmente toujours l'amour qui n'est pas satisfait, et la philosophie ne le diminue pas. Il parlait aussi souvent de sa chère St. Yves que de morale et de métaphysique. Plus ses sentiments s'épuraient, et plus il aimait. Il lut quelques romans nouveaux ; il en trouva peu qui lui peignissent la situation de son âme. Il sentait que son cœur allait toujours au-delà de ce qu'il lisait. « Ah ! disait-il, presque tous ces auteurs-là n'ont que de l'esprit et de l'art. » Enfin le bon prêtre janséniste devenait insensiblement le confident de sa tendresse. Il ne connaissait l'amour auparavant que comme un péché dont on s'accuse en confession. Il apprit à le connaître comme un sentiment aussi noble que tendre, qui peut élever l'âme autant que l'amollir, et produire même quelquefois des vertus. Enfin, pour dernier prodige, un Huron convertissait un janséniste.

CHAPITRE QUINZIÈME

LA BELLE ST. YVES RÉSISTE À DES PROPOSITIONS DÉLICATES

La belle St. Yves, plus tendre encore que son amant, alla donc chez monsieur de St. Pouange, accompagnée de l'amie chez qui elle logeait, toutes deux cachées dans leurs coiffes. La première chose qu'elle vit à la porte ce fut l'abbé de St. Yves, son frère, qui en sortait. Elle fut intimidée ; mais la dévote amie la rassura. « C'est précisément parce qu'on a parlé contre vous qu'il faut que vous parliez. Soyez sûre que dans ce pays les accusateurs ont toujours raison si on ne se hâte de les confondre. Votre présence d'ailleurs, ou je me trompe fort, fera plus d'effet que les paroles de votre frère. »

Pour peu qu'on encourage une amante passionnée, elle est intrépide. La St. Yves se présente à l'audience. Sa jeunesse, ses charmes, ses yeux tendres, mouillés de quelques pleurs, attirèrent tous les regards. Chaque courtisan du sous-ministre oublia un moment l'idole du pouvoir pour contempler celle de la beauté. Le St. Pouange la fit entrer dans un cabinet ; elle parla avec attendrissement et avec grâce. St. Pouange se sentit touché. Elle tremblait, il la rassura. « Revenez ce soir, lui dit-il ; vos affaires méritent qu'on y pense et qu'on en parle à loisir ; il y a trop de monde ; on expédie les audiences trop rapidement : il faut que je vous entretienne à fond de tout ce qui vous regarde. » Ensuite, ayant fait l'éloge de sa beauté et de ses sentiments, il lui recommanda de venir à sept heures du soir.

Elle n'y manqua pas ; la dévote amie l'accompagna encore, mais elle se tint dans le salon, et lut le *Pédagogue chrétien*, pendant que le St. Pouange et la belle St. Yves étaient dans l'arrière-cabinet. « Croiriez-vous bien, mademoiselle, lui dit-il d'abord, que votre frère est venu me demander une lettre de cachet contre vous ? En vérité j'en expédierais plutôt une pour le renvoyer en Basse-Bretagne. — Hélas ! monsieur, on est donc bien libéral de lettres de cachet dans vos bureaux, puisqu'on en vient solliciter du fond du royaume, comme des pensions. Je suis bien loin d'en demander une contre mon frère. J'ai beaucoup à me plaindre de lui, mais je respecte la liberté des hommes ; je demande celle d'un homme que je veux épouser, d'un homme à qui le roi doit la conservation d'une province, qui peut le servir utilement, et qui est fils d'un officier tué à son service. De quoi est-il accusé ? Comment a-t-on pu le traiter si cruellement sans l'entendre ? »

Alors le sous-ministre lui montra la lettre du jésuite espion et celle du perfide bailli. « Quoi ! il y a de pareils monstres sur la terre ! et on veut me forcer ainsi à épouser le fils ridicule d'un homme ridicule et méchant ! et c'est sur de pareils avis qu'on décide ici de la destinée des citoyens ! » Elle se jeta à genoux, elle demanda avec des sanglots la liberté du brave homme qui l'adorait. Ses charmes dans cet état parurent dans leur plus grand avantage. Elle était si belle que le St. Pouange, perdant toute honte, lui insinua qu'elle réussirait si elle commençait par lui donner les prémices de ce qu'elle réservait à son amant. La St. Yves, épouvantée et confuse, feignit longtemps de ne le pas entendre ; il fallut s'expliquer plus clairement. Un mot lâché d'abord avec retenue en produisait un plus fort, suivi d'un autre plus expressif. On offrit non seulement la révocation de la lettre de cachet, mais des récompenses, de l'argent, des honneurs, des établissements ; et plus on promettait, plus le désir de n'être pas refusé augmentait.

La St. Yves pleurait, elle était suffoquée, à demi renversée sur un sofa, croyant à peine ce qu'elle voyait, ce qu'elle entendait. Le St. Pouange, à son tour, se jeta à ses genoux. Il n'était pas sans agréments, et aurait pu ne pas effaroucher un cœur moins prévenu ; mais St. Yves adorait son amant, et croyait que c'était un crime horrible de le trahir pour le servir. St. Pouange redoublait les prières et les promesses : enfin la tête lui tourna au point qu'il lui déclara que c'était le seul moyen de tirer de sa prison l'homme auquel elle prenait un intérêt si violent et si tendre. Cet étrange entretien se prolongeait. La dévote de l'antichambre, en lisant son *Pédagogue chrétien,* disait : « Mon Dieu ! que peuvent-ils faire là depuis deux heures ? Jamais monseigneur de St. Pouange n'a donné une si longue audience ; peut-être qu'il a tout refusé à cette pauvre fille, puisqu'elle le prie encore. »

Enfin sa compagne sortit de l'arrière-cabinet, tout éperdue, sans pouvoir parler, réfléchissant profondément sur le caractère des grands et des demi-grands, qui sacrifient si légèrement la liberté des hommes et l'honneur des femmes.

Elle ne dit pas un mot pendant tout le chemin. Arrivée chez l'amie, elle éclata, elle lui conta tout. La dévote fit de grands signes de croix. « Ma chère amie, il faut consulter dès demain le père Tout-à-tous, notre directeur ; il a beaucoup de crédit auprès de monsieur de St. Pouange ; il confesse plusieurs servantes de sa maison ; c'est un homme pieux et accommodant, qui dirige aussi des femmes de qualité : abandonnez-vous à lui, c'est ainsi que j'en use, je m'en suis toujours bien trouvée. Nous autres, pauvres femmes, nous avons besoin d'être conduites par un homme. — Eh bien donc ! ma chère amie, j'irai trouver demain le père Tout-à-tous. »

CHAPITRE SEIZIÈME

ELLE CONSULTE UN JÉSUITE

Dès que la belle et désolée St. Yves fut avec son bon confesseur, elle lui confia qu'un homme puissant et voluptueux lui proposait de faire sortir de prison celui qu'elle devait épouser légitimement, et qu'il demandait un grand prix de son service ; qu'elle avait une répugnance horrible pour une telle infidélité, et que, s'il ne s'agissait que de sa propre vie, elle la sacrifierait plutôt que de succomber.

« Voilà un abominable pécheur ! lui dit le père Tout-à-tous. Vous devriez bien me dire le nom de ce vilain homme : c'est à coup sûr quelque janséniste ; je le dénoncerai à sa révérence le père de La Chaise, qui le fera mettre dans le gîte où est à présent la chère personne que vous devez épouser. »

La pauvre fille, après un long embarras et de grandes irrésolutions, lui nomma enfin St. Pouange.

« Monseigneur de St. Pouange ! s'écria le jésuite ; ah ! ma fille, c'est tout autre chose ; il est cousin du plus grand ministre que nous ayons jamais eu, homme de bien, protecteur de la bonne cause, bon chrétien ; il ne peut avoir eu une telle pensée ; il faut que vous ayez mal entendu. — Ah ! mon père, je n'ai entendu que trop bien ; je suis perdue, quoi que je fasse ; je n'ai que le choix du malheur et de la honte : il faut que mon amant reste enseveli tout vivant, ou que je me rende indigne de vivre. Je ne puis le laisser périr, et je ne puis le sauver. »

Le père Tout-à-tous tâcha de la calmer par ces douces paroles :

« Premièrement, ma fille, ne dites jamais ce mot *mon amant ;* il y a quelque chose de mondain qui pourrait offenser Dieu. Dites *mon mari ;* car, bien qu'il ne le soit pas encore, vous le regardez comme tel ; et rien n'est plus honnête.

« Secondement, bien qu'il soit votre époux en idée, en espérance, il ne l'est pas en effet : ainsi vous ne commettriez pas un adultère, péché énorme qu'il faut toujours éviter autant qu'il est possible.

« Troisièmement, les actions ne sont pas d'une malice de coulpe quand l'intention est pure, et rien n'est plus pur que de délivrer votre mari.

« Quatrièmement, vous avez des exemples dans la sainte antiquité, qui peuvent merveilleusement servir à votre conduite. Saint Augustin rapporte que sous le proconsulat de Septimius Acyndinus, en l'an 340 de notre salut, un pauvre homme, ne pouvant payer à César ce qui appartenait à César, fut condamné à mort, comme il est juste, malgré la maxime : *Où il n'y a rien le roi perd ses droits*. Il s'agissait d'une livre d'or ; le condamné avait une femme en qui Dieu avait mis la beauté et la prudence. Un vieux richard promit de donner une livre d'or, et même plus, à la dame, à condition qu'il commettrait avec elle le péché immonde. La dame ne crut point mal faire en sauvant la vie de son mari. Saint Augustin approuve fort sa généreuse résignation. Il est vrai que le vieux richard la trompa, et peut-être même son mari n'en fut pas moins pendu ; mais elle avait fait tout ce qui était en elle pour sauver sa vie.

« Soyez sûre, ma fille, que quand un jésuite vous cite saint Augustin, il faut que ce saint ait pleinement raison. Je ne vous conseille rien, vous êtes sage ; il est à présumer que vous serez utile à votre mari. Monseigneur de St. Pouange est un honnête homme, il ne vous trompera pas : c'est tout ce que je puis vous dire ; je prierai Dieu pour vous, et j'espère que tout se passera à sa plus grande gloire. »

La belle St. Yves, non moins effrayée des discours du jésuite que des propositions du sous-ministre, s'en retourna éperdue chez son amie. Elle était tentée de se délivrer, par la mort, de l'horreur de laisser dans une captivité affreuse l'amant qu'elle adorait, et de la honte de le délivrer au prix de ce qu'elle avait de plus cher, et qui ne devait appartenir qu'à cet amant infortuné.

CHAPITRE DIX-SEPTIÈME

ELLE SUCCOMBE PAR VERTU

Elle priait son amie de la tuer ; mais cette femme, non moins indulgente que le jésuite, lui parla plus clairement encore. « Hélas ! dit-elle, les affaires ne se font guère autrement dans cette cour si aimable, si galante, et si renommée. Les places les plus médiocres et les plus considérables n'ont souvent été données qu'au prix qu'on exige de vous. Écoutez, vous m'avez inspiré de l'amitié et de la confiance ; je vous avouerai que si j'avais été aussi difficile que vous l'êtes, mon mari ne jouirait pas du petit poste qui le fait vivre ; il le sait, et loin d'en être fâché, il voit en moi sa bienfaitrice, et il se regarde comme ma créature. Pensez-vous que tous ceux qui ont été à la tête des provinces, ou même des armées, aient dû leurs honneurs et leur fortune à leurs seuls services ? Il en est qui en sont redevables à mesdames leurs femmes. Les dignités de la guerre ont été sollicitées par l'amour, et la place a été donnée au mari de la plus belle.

« Vous êtes dans une situation bien plus intéressante : il s'agit de rendre votre amant au jour et de l'épouser ; c'est un devoir sacré qu'il vous faut remplir. On n'a point blâmé les belles et grandes dames dont je vous parle ; on vous applaudira, on dira que vous ne vous êtes permis une faiblesse que par un excès de vertu.

— Ah ! quelle vertu ! s'écria la belle St. Yves ; quel labyrinthe d'iniquités ! quel pays ! et que j'apprends à connaître les hommes ! Un père de La Chaise et un bailli ridicule font mettre mon amant en prison, ma famille me persécute, on ne me tend la main dans mon désastre que pour me déshonorer. Un jésuite a perdu un brave homme, un autre jésuite veut me perdre ; je ne suis entourée que de pièges, et je touche au moment de tomber dans la misère. Il faut que je me tue, ou que je parle au roi ; je me jetterai à ses pieds sur son passage, quand il ira à la messe ou à la comédie.

— On ne vous laissera pas approcher, lui dit sa bonne amie ; et si vous aviez le malheur de parler, mons de Louvois et le révérend père de La Chaise pourraient vous enterrer dans le fond d'un couvent pour le reste de vos jours. »

Tandis que cette brave personne augmentait ainsi les perplexités de cette âme désespérée, et enfonçait le poignard dans son cœur, arrive un exprès de monsieur de St. Pouange avec une lettre et deux beaux pendants d'oreilles. St. Yves rejeta le tout en pleurant ; mais l'amie s'en chargea.

Dès que le messager fut parti, notre confidente lit la lettre dans laquelle on propose un petit souper aux deux amies pour le soir. St. Yves jure qu'elle n'ira point. La dévote veut lui essayer les deux boucles de diamants. St. Yves ne le put souffrir. Elle combattit la journée entière. Enfin, n'ayant en vue que son amant, vaincue, entraînée, ne sachant où on la mène, elle se laisse conduire au souper fatal. Rien n'avait pu la déterminer à se parer de ses pendants d'oreilles; la confidente les apporta, elle les lui ajusta malgré elle avant qu'on se mît à table. St. Yves était si confuse, si troublée, qu'elle se laissait tourmenter; et le patron en tirait un augure très favorable. Vers la fin du repas, la confidente se retira discrètement. Le patron montra alors la révocation de la lettre de cachet, le brevet d'une gratification considérable, celui d'une compagnie, et n'épargna pas les promesses. « Ah! lui dit St. Yves, que je vous aimerais si vous ne vouliez pas être tant aimé! »

Enfin, après une longue résistance, après des sanglots, des cris, des larmes, affaiblie du combat, éperdue, languissante, il fallut se rendre. Elle n'eut d'autre ressource que de se promettre de ne penser qu'à l'Ingénu, tandis que le cruel jouirait impitoyablement de la nécessité où elle était réduite.

CHAPITRE DIX-HUITIÈME

ELLE DÉLIVRE SON AMANT ET UN JANSÉNISTE

Au point du jour elle vole à Paris, munie de l'ordre du ministre. Il est difficile de peindre ce qui se passait dans son cœur pendant ce voyage. Qu'on imagine une âme vertueuse et noble, humiliée de son opprobre, enivrée de tendresse, déchirée des remords d'avoir trahi son amant, pénétrée du plaisir de délivrer ce qu'elle adore! Ses amertumes, ses combats, son succès, partageaient toutes ses réflexions. Ce n'était plus cette fille simple dont une éducation provinciale avait rétréci les idées. L'amour et le malheur l'avaient formée. Le sentiment avait fait autant de progrès en elle que la raison en avait fait dans l'esprit de son amant infortuné. Les filles apprennent à penser. Son aventure était plus instructive que quatre ans de couvent.

Son habit était d'une simplicité extrême. Elle voyait avec horreur les ajustements sous lesquels elle avait paru devant son funeste bienfaiteur ; elle avait laissé ses boucles de diamants à sa compagne sans même les regarder. Confuse et charmée, idolâtre de l'Ingénu, et se haïssant elle-même, elle arrive enfin à la porte

De cet affreux château, palais de la vengeance,
Qui renferma souvent le crime et l'innocence.

Quand il fallut descendre du carrosse, les forces lui manquèrent ; on l'aida ; elle entra, le cœur palpitant, les yeux humides, le front consterné. On la présente au gouverneur ; elle veut lui parler, sa voix expire ; elle montre son ordre en articulant à peine quelques paroles. Le gouverneur aimait son prisonnier ; il fut très aise de sa délivrance. Son cœur n'était pas endurci comme celui de quelques honorables geôliers ses confrères, qui, ne pensant qu'à la rétribution attachée à la garde de leurs captifs, fondant leurs revenus sur leurs victimes, et vivant du malheur d'autrui, se faisaient en secret une joie affreuse des larmes des infortunés.

Il fait venir le prisonnier dans son appartement. Les deux amants se voient, et tous deux s'évanouissent. La belle St. Yves resta longtemps sans mouvement et sans vie : l'autre rappela bientôt son courage. « C'est apparemment là madame votre femme, lui dit le gouverneur ; vous ne m'aviez point dit que vous fussiez marié. On me mande que c'est à ses soins généreux que vous devez votre délivrance. — Ah ! je ne suis pas digne d'être sa femme », dit la belle St. Yves d'une voix tremblante ; et elle retomba encore en faiblesse.

Quand elle eut repris ses sens, elle présenta, toujours tremblante, le brevet de la gratification, et la promesse par écrit d'une compagnie. L'Ingénu, aussi étonné qu'attendri, s'éveillait d'un songe pour retomber dans un autre. « Pourquoi ai-je été enfermé ici ? comment avez-vous pu m'en tirer ? où sont les monstres qui m'y ont plongé ? Vous êtes une divinité qui descendez du ciel à mon secours. »

La belle St. Yves baissait la vue, regardait son amant, rougissait et détournait, le moment d'après, ses yeux mouillés de pleurs. Elle lui apprit enfin tout ce qu'elle savait, et tout ce qu'elle avait éprouvé, excepté ce qu'elle aurait voulu se cacher pour jamais, et ce qu'un autre que l'Ingénu, plus accoutumé au monde et plus instruit des usages de la cour, aurait deviné facilement.

« Est-il possible qu'un misérable comme ce bailli ait eu le pouvoir de me ravir ma liberté ? Ah ! je vois bien qu'il en est des hommes comme des plus vils animaux ; tous peuvent nuire. Mais est-il possible qu'un moine, un jésuite confesseur du roi, ait contribué à mon infortune autant que ce bailli, sans que je puisse imaginer sous quel prétexte ce détestable fripon m'a persécuté ? M'a-t-il fait passer pour un janséniste ? Enfin, comment vous êtes-vous souvenue de moi ? je ne le méritais pas, je n'étais alors qu'un sauvage. Quoi ? vous avez pu, sans conseil, sans secours, entreprendre le voyage de Versailles ! Vous y avez paru, et on a brisé mes fers ! Il est donc dans la beauté et dans la vertu un charme invincible qui fait tomber les portes de fer, et qui amollit les cœurs de bronze ! »

À ce mot de *vertu,* des sanglots échappèrent à la belle St. Yves. Elle ne savait pas combien elle était vertueuse dans le crime qu'elle se reprochait.

Son amant continua ainsi : « Ange, qui avez rompu mes liens, si vous avez eu (ce que je ne comprends pas encore) assez de crédit pour me faire rendre justice, faites-la donc rendre aussi à un vieillard qui m'a le premier appris à penser, comme vous m'avez appris à aimer. La calamité nous a unis; je l'aime comme un père, je ne peux vivre ni sans vous ni sans lui.

— Moi! que je sollicite le même homme qui… — Oui, je veux tout vous devoir, et je ne veux devoir jamais rien qu'à vous: écrivez à cet homme puissant; comblez-moi de vos bienfaits, achevez ce que vous avez commencé, achevez vos prodiges.» Elle sentait qu'elle devait faire tout ce que son amant exigeait: elle voulut écrire, sa main ne pouvait obéir. Elle recommença trois fois sa lettre, la déchira trois fois; elle écrivit enfin, et les deux amants sortirent après avoir embrassé le vieux martyr de la grâce efficace.

L'heureuse et désolée St. Yves savait dans quelle maison logeait son frère; elle y alla; son amant prit un appartement dans la même maison.

À peine y furent-ils arrivés que son protecteur lui envoya l'ordre de l'élargissement du bonhomme Gordon, et lui demanda un rendez-vous pour le lendemain. Ainsi, à chaque action honnête et généreuse qu'elle faisait, son déshonneur en était le prix. Elle regardait avec exécration cet usage de vendre le malheur et le bonheur des hommes. Elle donna l'ordre de l'élargissement à son amant, et refusa le rendez-vous d'un bienfaiteur qu'elle ne pouvait plus voir sans expirer de douleur et de honte. L'Ingénu ne pouvait se séparer d'elle que pour aller délivrer un ami: il y vola. Il remplit ce devoir en réfléchissant sur les étranges événements de ce monde, et en admirant la vertu courageuse d'une jeune fille à qui deux infortunés devaient plus que la vie.

CHAPITRE DIX-NEUVIÈME

L'INGÉNU, LA BELLE ST. YVES, ET LEURS PARENTS SONT RASSEMBLÉS

La généreuse et respectable infidèle était avec son frère l'abbé de St. Yves, le bon prieur de la Montagne, et la dame de Kerkabon. Tous étaient également étonnés ; mais leur situation et leurs sentiments étaient bien différents. L'abbé de St. Yves pleurait ses torts aux pieds de sa sœur, qui lui pardonnait. Le prieur et sa tendre sœur pleuraient aussi, mais de joie ; le vilain bailli et son insupportable fils ne troublaient point cette scène touchante. Ils étaient partis au premier bruit de l'élargissement de leur ennemi ; ils couraient ensevelir dans leur province leur sottise et leur crainte.

Les quatre personnages, agités de cent mouvements divers, attendaient que le jeune homme revînt avec l'ami qu'il devait délivrer. L'abbé de St. Yves n'osait lever les yeux devant sa sœur ; la bonne Kerkabon disait : « Je reverrai donc mon cher neveu ! — Vous le reverrez, dit la charmante St. Yves, mais ce n'est plus le même homme ; son maintien, son ton, ses idées, son esprit, tout est changé. Il est devenu aussi respectable qu'il était naïf et étranger à tout. Il sera l'honneur et la consolation de votre famille ; que ne puis-je être aussi l'honneur de la mienne ! — Vous n'êtes point non plus la même, dit le prieur ; que vous est-il donc arrivé qui ait fait en vous un si grand changement ? »

Au milieu de cette conversation l'Ingénu arrive, tenant par la main son janséniste. La scène alors devint plus neuve et plus intéressante. Elle commença par les tendres embrassements de l'oncle et de la tante. L'abbé de St. Yves se mettait presque aux genoux de l'Ingénu, qui n'était plus l'*Ingénu*. Les deux amants se parlaient par des regards qui exprimaient tous les sentiments dont ils étaient pénétrés. On voyait éclater la satisfaction, la reconnaissance, sur le front de l'un; l'embarras était peint dans les yeux tendres et un peu égarés de l'autre. On était étonné qu'elle mêlât de la douleur à tant de joie.

Le vieux Gordon devint en peu de moments cher à toute la famille. Il avait été malheureux avec le jeune prisonnier, et c'était un grand titre. Il devait sa délivrance aux deux amants, cela seul le réconciliait avec l'amour; l'âpreté de ses anciennes opinions sortait de son cœur: il était changé en homme, ainsi que le Huron. Chacun raconta ses aventures avant le souper. Les deux abbés, la tante, écoutaient comme des enfants qui entendent des histoires de revenants, et comme des hommes qui s'intéressaient tous à tant de désastres. « Hélas! dit Gordon, il y a peut-être plus de cinq cents personnes vertueuses qui sont à présent dans les mêmes fers que mademoiselle de St. Yves a brisés: leurs malheurs sont inconnus. On trouve assez de mains qui frappent sur la foule des malheureux, et rarement une secourable. » Cette réflexion si vraie augmentait sa sensibilité et sa reconnaissance: tout redoublait le triomphe de la belle St. Yves; on admirait la grandeur et la fermeté de son âme. L'admiration était mêlée de ce respect qu'on sent malgré soi pour une personne qu'on croit avoir du crédit à la cour. Mais l'abbé de St. Yves disait quelquefois: « Comment ma sœur a-t-elle pu faire pour obtenir sitôt ce crédit? »

On allait se mettre à table de très bonne heure. Voilà que la bonne amie de Versailles arrive, sans rien savoir de tout ce qui s'était passé; elle était en carrosse à six chevaux, et on voit bien à qui appartenait l'équipage. Elle entre avec l'air imposant d'une personne de cour qui a de grandes affaires, salue très légèrement la compagnie, et tirant la belle St. Yves à l'écart : « Pourquoi vous faire tant attendre ? Suivez-moi ; voilà vos diamants que vous aviez oubliés. » Elle ne put dire ces paroles si bas que l'Ingénu ne les entendît : il vit les diamants ; le frère fut interdit ; l'oncle et la tante n'éprouvèrent qu'une surprise de bonnes gens qui n'avaient jamais vu une telle magnificence. Le jeune homme, qui s'était formé par un an de réflexions, en fit malgré lui, et parut troublé un moment. Son amante s'en aperçut ; une pâleur mortelle se répandit sur son beau visage, un frisson la saisit, elle se soutenait à peine. « Ah ! madame, dit-elle à la fatale amie, vous m'avez perdue ! vous me donnez la mort ! » Ces paroles percèrent le cœur de l'Ingénu ; mais il avait déjà appris à se posséder ; il ne les releva point, de peur d'inquiéter sa maîtresse devant son frère ; mais il pâlit comme elle.

St. Yves, éperdue de l'altération qu'elle apercevait sur le visage de son amant, entraîne cette femme hors de la chambre dans un petit passage, jette les diamants à terre devant elle. « Ah ! ce ne sont pas eux qui m'ont séduite, vous le savez ; mais celui qui les a donnés ne me reverra jamais. » L'amie les ramassait, et St. Yves ajoutait : « Qu'il les reprenne ou qu'il vous les donne ; allez, ne me rendez plus honteuse de moi-même. » L'ambassadrice enfin s'en retourna, ne pouvant comprendre les remords dont elle était témoin.

La belle St. Yves, oppressée, éprouvant dans son corps une révolution qui la suffoquait, fut obligée de se mettre au lit ; mais pour n'alarmer personne elle ne parla point de ce qu'elle souffrait, et, ne prétextant que sa lassitude, elle demanda le permission de prendre du repos ; mais ce fut après avoir rassuré la compagnie par des paroles consolantes et flatteuses, et jeté sur son amant des regards qui portaient le feu dans son âme.

Le souper, qu'elle n'animait pas, fut triste dans le commencement, mais de cette tristesse intéressante qui fournit des conversations attachantes et utiles, si supérieures à la frivole joie qu'on recherche, et qui n'est d'ordinaire qu'un bruit importun.

Gordon fit en peu de mots l'histoire du jansénisme et du molinisme, des persécutions dont un parti accablait l'autre, et de l'opiniâtreté de tous les deux. L'Ingénu en fit la critique, et plaignit les hommes qui, non contents de tant de discordes que leurs intérêts allument, se font de nouveaux maux pour des intérêts chimériques, et pour des absurdités inintelligibles. Gordon racontait, l'autre jugeait; les convives écoutaient avec émotion, et s'éclairaient d'une lumière nouvelle. On parla de la longueur de nos infortunes et de la brièveté de la vie. On remarqua que chaque profession a un vice et un danger qui lui sont attachés, et que, depuis le prince jusqu'au dernier des mendiants, tout semble accuser la nature. Comment se trouve-t-il tant d'hommes qui, pour si peu d'argent, se font les persécuteurs, les satellites, les bourreaux des autres hommes? Avec quelle indifférence inhumaine un homme en place signe la destruction d'une famille, et avec quelle joie plus barbare des mercenaires l'exécutent!

«J'ai vu dans ma jeunesse, dit le bonhomme Gordon, un parent du maréchal de Marillac, qui, étant poursuivi dans sa province pour la cause de cet illustre malheureux, se cachait dans Paris sous un nom supposé. C'était un vieillard de soixante et douze ans. Sa femme, qui l'accompagnait, était à peu près de son âge. Ils avaient eu un fils libertin qui, à l'âge de quatorze ans, s'était enfui de la maison paternelle: devenu soldat, puis déserteur, il avait passé par tous les degrés de la débauche et de la misère; enfin, ayant pris un nom de terre, il était dans les gardes du cardinal de Richelieu (car ce prêtre, ainsi que le Mazarin, avait des gardes); il avait obtenu un bâton d'exempt dans cette compagnie de satellites. Cet aventurier fut chargé d'arrêter le vieillard et son épouse, et s'en acquitta avec toute la dureté d'un homme qui voulait plaire à son maître. Comme il les conduisait, il entendit ces deux victimes déplorer la longue suite des malheurs qu'elles avaient éprouvés depuis leur berceau. Le père et la mère comptaient parmi leurs plus grandes infortunes les égarements et la perte de leur fils. Il les reconnut ; il ne les conduisit pas moins en prison, en les assurant que Son Éminence devait être servie de préférence à tout. Son Éminence récompensa son zèle.

« J'ai vu un espion du père de La Chaise trahir son propre frère, dans l'espérance d'un petit bénéfice qu'il n'eut point ; et je l'ai vu mourir, non de remords, mais de douleur d'avoir été trompé par le jésuite.

« L'emploi de confesseur, que j'ai longtemps exercé, m'a fait connaître l'intérieur des familles ; je n'en ai guère vu qui ne fussent plongées dans l'amertume, tandis qu'au dehors, couvertes du masque du bonheur, elles paraissaient nager dans la joie ; et j'ai toujours remarqué que les grands chagrins étaient le fruit de notre cupidité effrénée.

— Pour moi, dit l'Ingénu, je pense qu'une âme noble, reconnaissante et sensible, peut vivre heureuse ; et je compte bien jouir d'une félicité sans mélange avec la belle et généreuse St. Yves : car je me flatte, ajouta-t-il, en s'adressant à son frère avec le sourire de l'amitié, que vous ne me refuserez pas, comme l'année passée, et que je m'y prendrai d'une manière plus décente. »

L'abbé se confondit en excuses du passé et en protestations d'un attachement éternel.

L'oncle Kerkabon dit que ce serait le plus beau jour de sa vie. La bonne tante, en s'extasiant et en pleurant de joie, s'écriait : « Je vous l'avais bien dit que vous ne seriez jamais sous-diacre ! ce sacrement vaut mieux que l'autre ; plût à Dieu que j'en eusse été honorée ! mais je vous servirai de mère. » Alors ce fut à qui renchérirait sur les louanges de la tendre St. Yves.

Son amant avait le cœur trop plein de ce qu'elle avait fait pour lui, il l'aimait trop pour que l'aventure des diamants eût fait sur son cœur une impression dominante. Mais ces mots qu'il avait trop entendus, *vous me donnez la mort*, l'effrayaient encore en secret, et corrompaient toute sa joie, tandis que les éloges de sa belle maîtresse augmentaient encore son amour. Enfin on n'était plus occupé que d'elle ; on ne parlait que du bonheur que ces deux amants méritaient ; on s'arrangeait pour vivre tous ensemble dans Paris ; on faisait des projets de fortune et d'agrandissement ; on se livrait à toutes ces espérances que la moindre lueur de félicité fait naître si aisément. Mais l'Ingénu, dans le fond de son cœur, éprouvait un sentiment secret qui repoussait cette illusion. Il relisait ces promesses signées St. Pouange, et les brevets signés Louvois ; on lui dépeignit ces deux hommes tels qu'ils étaient, ou qu'on les croyait être. Chacun parla des ministres et du ministère avec cette liberté de table, regardée en France comme la plus précieuse liberté qu'on puisse goûter sur la terre.

« Si j'étais roi de France, dit l'Ingénu, voici le ministre de la guerre que je choisirais : je voudrais un homme de la plus haute naissance, par la raison qu'il donne des ordres à la noblesse. J'exigerais qu'il eût été lui-même officier, qu'il eût passé par tous les grades, qu'il fût au moins lieutenant général des armées, et digne d'être maréchal de France : car n'est-il pas nécessaire qu'il ait servi lui-même, pour mieux connaître les détails du service ? et les officiers n'obéiront-ils pas avec cent fois plus d'allégresse à un homme de guerre, qui aura comme eux signalé son courage, qu'à un homme de cabinet qui ne peut que deviner tout au plus les opérations d'une campagne, quelque esprit qu'il puisse avoir ? Je ne serais pas fâché que mon ministre fût généreux, quoique mon garde du trésor royal en fût quelquefois un peu embarrassé. J'aimerais qu'il eût un travail facile, et que même il se distinguât par cette gaieté d'esprit, partage d'un homme supérieur aux affaires qui plaît tant à la nation, et qui rend tous les devoirs moins pénibles. » Il désirait qu'un ministre eût ce caractère, parce qu'il avait toujours remarqué que cette belle humeur est incompatible avec la cruauté.

Mons de Louvois n'aurait peut-être pas été satisfait des souhaits de l'Ingénu ; il avait une autre sorte de mérite.

Mais pendant qu'on était à table, la maladie de cette fille malheureuse prenait un caractère funeste ; son sang s'était allumé, une fièvre dévorante s'était déclarée, elle souffrait et ne se plaignait point, attentive à ne pas troubler la joie des convives.

Son frère, sachant qu'elle ne dormait pas, alla au chevet de son lit ; il fut surpris de l'état où elle était. Tout le monde accourut ; l'amant se présentait à la suite du frère. Il était, sans doute, le plus alarmé et le plus attendri de tous ; mais il avait appris à joindre la discrétion à tous les dons heureux que la nature lui avait prodigués, et le sentiment prompt des bienséances commençait à dominer dans lui.

On fit venir aussitôt un médecin du voisinage. C'était un de ceux qui visitent leurs malades en courant, qui confondent la maladie qu'ils viennent de voir avec celle qu'ils voient, qui mettent une pratique aveugle dans une science à laquelle toute la maturité d'un discernement sain et réfléchi ne peut ôter son incertitude et ses dangers. Il redoubla le mal par sa précipitation à prescrire un remède alors à la mode. De la mode jusque dans la médecine ! Cette manie était trop commune dans Paris.

La triste St. Yves contribuait encore plus que son médecin à rendre sa maladie dangereuse. Son âme tuait son corps. La foule des pensées qui l'agitaient portait dans ses veines un poison plus dangereux que celui de la fièvre la plus brûlante.

CHAPITRE VINGTIÈME

LA BELLE ST. YVES MEURT, ET CE QUI EN ARRIVE

On appela un autre médecin : celui-ci, au lieu d'aider la nature et de la laisser agir dans une jeune personne dans qui tous les organes rappelaient la vie, ne fut occupé que de contrecarrer son confrère. La maladie devint mortelle en deux jours. Le cerveau, qu'on croit le siège de l'entendement, fut attaqué aussi violemment que le cœur, qui est, dit-on, le siège des passions.

Quelle mécanique incompréhensible a soumis les organes au sentiment et à la pensée ? Comment une seule idée douloureuse dérange-t-elle le cours du sang ? Et comment le sang à son tour porte-t-il ses irrégularités dans l'entendement humain ? Quel est ce fluide inconnu et dont l'existence est certaine, qui, plus prompt, plus actif que la lumière, vole, en moins d'un clin d'œil, dans tous les canaux de la vie, produit les sensations, la mémoire, la tristesse ou la joie, la raison ou le vertige, rappelle avec horreur ce qu'on voudrait oublier, et fait d'un animal pensant ou un objet d'admiration, ou un sujet de pitié et de larmes ?

C'était là ce que disait le bon Gordon ; et cette réflexion si naturelle, que rarement font les hommes, ne dérobait rien à son attendrissement ; car il n'était pas de ces malheureux philosophes qui s'efforcent d'être insensibles. Il était touché du sort de cette jeune fille, comme un père qui voit mourir lentement son enfant chéri. L'abbé de St. Yves était désespéré, le prieur et sa sœur répandaient des ruisseaux de larmes. Mais qui pourrait peindre l'état de son amant ? Nulle langue n'a des expressions qui répondent à ce comble des douleurs ; les langues sont trop imparfaites.

La tante, presque sans vie, tenait la tête de la mourante dans ses faibles bras ; son frère était à genoux au pied du lit ; son amant pressait sa main, qu'il baignait de pleurs, et éclatait en sanglots : il la nommait sa bienfaitrice, son espérance, sa vie, la moitié de lui-même, sa maîtresse, son épouse. À ce mot d'épouse elle soupira, le regarda avec une tendresse inexprimable, et soudain jeta un cri d'horreur ; puis, dans un de ces intervalles où l'accablement, et l'oppression des sens, et les souffrances suspendues, laissent à l'âme sa liberté et sa force, elle s'écria : « Moi, votre épouse ! Ah ! cher amant, ce nom, ce bonheur, ce prix, n'étaient plus faits pour moi ; je meurs, et je le mérite. Ô dieu de mon cœur ! ô vous que j'ai sacrifié à des démons infernaux, c'en est fait, je suis punie, vivez heureux. » Ces paroles tendres et terribles ne pouvaient être comprises ; mais elles portaient dans tous les cœurs l'effroi et l'attendrissement ; elle eut le courage de s'expliquer. Chaque mot fit frémir d'étonnement, de douleur et de pitié, tous les assistants. Tous se réunissaient à détester l'homme puissant qui n'avait réparé une horrible injustice que par un crime, et qui avait forcé la plus respectable innocence à être sa complice.

« Qui ? vous coupable ! lui dit son amant ; non, vous ne l'êtes pas ; le crime ne peut être que dans le cœur, le vôtre est à la vertu et à moi. »

Il confirmait ce sentiment par des paroles qui semblaient ramener à la vie la belle St. Yves. Elle se sentit consolée, et s'étonnait d'être aimée encore. Le vieux Gordon l'aurait condamnée dans le temps qu'il n'était que janséniste ; mais, étant devenu sage, il l'estimait, et il pleurait.

Au milieu de tant de larmes et de craintes, pendant que le danger de cette fille si chère remplissait tous les cœurs, que tout était consterné, on annonce un courrier de la cour. Un courrier ! et de qui ? et pourquoi ? C'était de la part du confesseur du roi pour le prieur de la Montagne ; ce n'était pas le père de La Chaise qui écrivait, c'était le frère Vadbled, son valet de chambre, homme très important dans ce temps-là, lui qui mandait aux archevêques les volontés du révérend père, lui qui donnait audience, lui qui promettait des bénéfices, lui qui faisait quelquefois expédier des lettres de cachet. Il écrivait à l'abbé de la Montagne que « Sa Révérence était informée des aventures de son neveu, que sa prison n'était qu'une méprise, que ces petites disgrâces arrivaient fréquemment, qu'il ne fallait pas y faire attention, et qu'enfin il convenait que lui prieur vînt lui présenter son neveu le lendemain, qu'il devait amener avec lui le bonhomme Gordon, que lui frère Vadbled les introduirait chez Sa Révérence et chez mons de Louvois, lequel leur dirait un mot dans son antichambre ».

Il ajoutait que l'histoire de l'Ingénu et son combat contre les Anglais avaient été contés au roi, que sûrement le roi daignerait le remarquer quand il passerait dans la galerie, et peut-être même lui ferait un signe de tête. La lettre finissait par l'espérance dont on le flattait, que toutes les dames de la cour s'empresseraient de faire venir son neveu à leur toilette, que plusieurs d'entre elles lui diraient : « Bonjour, monsieur l'Ingénu » ; et qu'assurément il serait question de lui au souper du roi. La lettre était signée : « Votre affectionné Vadbled, frère jésuite. »

Le prieur ayant lu la lettre tout haut, son neveu furieux, et commandant un moment à sa colère, ne dit rien au porteur ; mais se tournant vers le compagnon de ses infortunes, il lui demanda ce qu'il pensait de ce style. Gordon lui répondit : « C'est donc ainsi qu'on traite les hommes comme des singes ! On les bat et on les fait danser. » L'Ingénu, reprenant son caractère, qui revient toujours dans les grands mouvements de l'âme, déchira la lettre par morceaux, et les jeta au nez du courrier : « Voilà ma réponse. » Son oncle, épouvanté, crut voir le tonnerre et vingt lettres de cachet tomber sur lui. Il alla vite écrire et excuser, comme il put, ce qu'il prenait pour l'emportement d'un jeune homme, et qui était la saillie d'une grande âme.

Mais des soins plus douloureux s'emparaient de tous les cœurs. La belle et infortunée St. Yves sentait déjà sa fin approcher ; elle était dans le calme, mais dans ce calme affreux de la nature affaissée qui n'a plus la force de combattre. « Ô mon cher amant ! dit-elle d'une voix tombante, la mort me punit de ma faiblesse ; mais j'expire avec la consolation de vous savoir libre. Je vous ai adoré en vous trahissant, et je vous adore en vous disant un éternel adieu. »

Elle ne se parait pas d'une vaine fermeté ; elle ne concevait pas cette misérable gloire de faire dire à quelques voisins : « Elle est morte avec courage. » Qui peut perdre à vingt ans son amant, sa vie, et ce qu'on appelle l'*honneur*, sans regrets et sans déchirements ? Elle sentait toute l'horreur de son état, et le faisait sentir par ces mots et par ces regards mourants qui parlent avec tant d'empire. Enfin elle pleurait comme les autres dans les moments où elle eut la force de pleurer.

Que d'autres cherchent à louer les morts fastueuses de ceux qui entrent dans la destruction avec insensibilité : c'est le sort de tous les animaux. Nous ne mourons comme eux avec indifférence que quand l'âge ou la maladie nous rend semblables à eux par la stupidité de nos organes. Quiconque fait une grande perte a de grands regrets ; s'il les étouffe, c'est qu'il porte la vanité jusque dans les bras de la mort.

Lorsque le moment fatal fut arrivé, tous les assistants jetèrent des larmes et des cris. L'Ingénu perdit l'usage de ses sens. Les âmes fortes ont des sentiments bien plus violents que les autres quand elles sont tendres. Le bon Gordon le connaissait assez pour craindre qu'étant revenu à lui il ne se donnât la mort. On écarta toutes les armes ; le malheureux jeune homme s'en aperçut ; il dit à ses parents et à Gordon, sans pleurer, sans gémir, sans s'émouvoir : « Pensez-vous donc qu'il y ait quelqu'un sur la terre qui ait le droit et le pouvoir de m'empêcher de finir ma vie ? » Gordon se garda bien de lui étaler ces lieux communs fastidieux par lesquels on essaye de prouver qu'il n'est pas permis d'user de sa liberté pour cesser d'être quand on est horriblement mal, qu'il ne faut pas sortir de sa maison quand on ne peut plus y demeurer, que l'homme est sur la terre comme un soldat, à son poste : comme s'il importait à l'Être des êtres que l'assemblage de quelques parties de matière fût dans un lieu ou dans un autre ; raisons impuissantes qu'un désespoir ferme et réfléchi dédaigne d'écouter, et auxquelles Caton ne répondit que par un coup de poignard.

Le morne et terrible silence de l'Ingénu, ses yeux sombres, ses lèvres tremblantes, les frémissements de son corps, portaient dans l'âme de tous ceux qui le regardaient ce mélange de compassion et d'effroi qui enchaîne toutes les puissances de l'âme, qui exclut tout discours, et qui ne se manifeste que par des mots entrecoupés. L'hôtesse et sa famille étaient accourues ; on tremblait de son désespoir, on le gardait à vue, on observait tous ses mouvements. Déjà le corps glacé de la belle St. Yves avait été porté dans une salle basse, loin des yeux de son amant, qui semblait la chercher encore, quoiqu'il ne fût plus en état de rien voir.

Au milieu de ce spectacle de la mort, tandis que le corps est exposé à la porte de la maison, que deux prêtres à côté d'un bénitier récitent des prières d'un air distrait, que des passants jettent quelques gouttes d'eau bénite sur la bière par oisiveté, que d'autres poursuivent leur chemin avec indifférence, que les parents pleurent, et qu'un amant est prêt à s'arracher la vie, le St. Pouange arrive avec l'amie de Versailles.

Son goût passager, n'ayant été satisfait qu'une fois,

était devenu de l'amour. Le refus de ses bienfaits l'avait piqué. Le père de La Chaise n'aurait jamais pensé à venir dans cette maison ; mais St. Pouange ayant tous les jours devant les yeux l'image de la belle St. Yves, brûlant d'assouvir une passion qui par une seule jouissance avait enfoncé dans son cœur l'aiguillon des désirs, ne balança pas à venir lui-même chercher celle qu'il n'aurait pas peut-être voulu revoir trois fois si elle était venue d'elle-même.

Il descend de carrosse ; le premier objet qui se présente à lui est une bière ; il détourne les yeux avec ce simple dégoût d'un homme nourri dans les plaisirs, qui pense qu'on doit lui épargner tout spectacle qui pourrait le ramener à la contemplation de la misère humaine. Il veut monter. La femme de Versailles demande par curiosité qui on va enterrer ; on prononce le nom de mademoiselle de St. Yves. À ce nom, elle pâlit et poussa un cri affreux ; St. Pouange se retourne ; la surprise et la douleur remplissent son âme. Le bon Gordon était là, les yeux remplis de larmes. Il interrompt ses tristes prières pour apprendre à l'homme de cour toute cette horrible catastrophe. Il lui parle avec cet empire que donnent la douleur et la vertu. St. Pouange n'était point né méchant ; le torrent des affaires et des amusements avait emporté son âme, qui ne se connaissait pas encore. Il ne touchait point à la vieillesse, qui endurcit d'ordinaire le cœur des ministres ; il écoutait Gordon, les yeux baissés, et il en essuyait quelques pleurs qu'il était étonné de répandre : il connut le repentir.

« Je veux voir absolument, dit-il, cet homme extraordinaire dont vous m'avez parlé ; il m'attendrit presque autant que cette innocente victime dont j'ai causé la mort. » Gordon le suit jusqu'à la chambre où le prieur, la Kerkabon, l'abbé de St. Yves, et quelques voisins, rappelaient à la vie le jeune homme retombé en défaillance.

« J'ai fait votre malheur, lui dit le sous-ministre, j'emploierai ma vie à le réparer. » La première idée qui vint à l'Ingénu fut de le tuer, et de se tuer lui-même après. Rien n'était plus à sa place ; mais il était sans armes et veillé de près. St. Pouange ne se rebuta point des refus accompagnés du reproche, du mépris, et de l'horreur qu'il avait mérités, et qu'on lui prodigua. Le temps adoucit tout. Mons de Louvois vint enfin à bout de faire un excellent officier de l'Ingénu, qui a paru sous un autre nom à Paris et dans les armées, avec l'approbation de tous les honnêtes gens, et qui a été à la fois un guerrier et un philosophe intrépide.

Il ne parlait jamais de cette aventure sans gémir ; et cependant sa consolation était d'en parler. Il chérit la mémoire de la tendre St. Yves jusqu'au dernier moment de sa vie. L'abbé de St. Yves et le prieur eurent chacun un bon bénéfice ; la bonne Kerkabon aima mieux voir son neveu dans les honneurs militaires que dans le sous-diaconat. La dévote de Versailles garda les boucles de diamants, et reçut encore un beau présent. Le père Tout-à-tous eut des boîtes de chocolat, de café, de sucre candi, de citrons confits, avec les *Méditations du révérend père Croiset*, et *la Fleur des saints*, reliées en maroquin. Le bon Gordon vécut avec l'Ingénu jusqu'à sa mort dans la plus intime amitié ; il eut un bénéfice aussi, et oublia pour jamais la grâce efficace et le concours concomitant. Il prit pour sa devise : *malheur est bon à quelque chose.* Combien d'honnêtes gens dans le monde ont pu dire : *malheur n'est bon à rien !*

L'HOMME AUX QUARANTE ÉCUS

Un vieillard, qui *toujours plaint le présent et vante le passé,* me disait : « Mon ami, la France n'est pas aussi riche qu'elle l'a été sous Henri IV. Pourquoi ? C'est que les terres ne sont pas si bien cultivées ; c'est que les hommes manquent à la terre, et que le journalier ayant enchéri son travail, plusieurs colons laissent leurs héritages en friche.

— D'où vient cette disette de manœuvres ?

— De ce que quiconque s'est senti un peu d'industrie a embrassé les métiers de brodeur, de ciseleur, d'horloger, d'ouvrier en soie, de procureur, ou de théologien. C'est que la révocation de l'édit de Nantes a laissé un très grand vide dans le royaume ; que les religieuses et les mendiants se sont multipliés, et qu'enfin chacun a fui, autant qu'il a pu, le travail pénible de la culture, pour laquelle Dieu nous a fait naître, et que nous avons rendue ignominieuse, tant nous sommes sensés !

« Une autre cause de notre pauvreté est dans nos besoins nouveaux. Il faut payer à nos voisins quatre millions d'un article, et cinq ou six d'un autre, pour mettre dans notre nez une poudre puante venue de l'Amérique ; le café, le thé, le chocolat, la cochenille, l'indigo, les épiceries, nous coûtent plus de soixante millions par an. Tout cela était inconnu du temps de Henri IV, aux épiceries près, dont la consommation était bien moins grande. Nous brûlons cent fois plus de bougie, et nous tirons plus de la moitié de notre cire de l'étranger, parce que nous négligeons les ruches.

Nous voyons cent fois plus de diamants aux oreilles, au cou, aux mains de nos citoyennes de Paris et de nos grandes villes qu'il n'y en avait chez toutes les dames de la cour de Henri IV, en comptant la reine. Il a fallu payer presque toutes ces superfluités argent comptant.

« Observez surtout que nous payons plus de quinze millions de rentes sur l'Hôtel de Ville aux étrangers, et que Henri IV, à son avènement, en ayant trouvé pour deux millions en tout sur cet hôtel imaginaire, en remboursa sagement une partie pour délivrer l'État de ce fardeau.

« Considérez que nos guerres civiles avaient fait verser en France les trésors du Mexique, lorsque don *Phelippo el discreto* voulait acheter la France, et que depuis ce temps-là les guerres étrangères nous ont débarrassés de la moitié de notre argent.

« Voilà en partie les causes de notre pauvreté. Nous la cachons sous des lambris vernis, et par l'artifice des marchandes de modes : nous sommes pauvres avec goût. Il y a des financiers, des entrepreneurs, des négociants très riches ; leurs enfants, leurs gendres, sont très riches ; en général la nation ne l'est pas. »

Le raisonnement de ce vieillard, bon ou mauvais, fit sur moi une impression profonde : car le curé de ma paroisse, qui a toujours eu de l'amitié pour moi, m'a enseigné un peu de géométrie et d'histoire, et je commence à réfléchir, ce qui est très rare dans ma province. Je ne sais s'il avait raison en tout ; mais, étant fort pauvre, je n'eus pas grand peine à croire que j'avais beaucoup de compagnons[a].

a. Madame de Maintenon, qui en tout genre était une femme fort entendue, excepté dans celui sur lequel elle consultait le trigaud et processif abbé Gobelin, son confesseur ; Madame de Maintenon, dis-je, dans une de ses lettres, fait le compte du ménage de son frère et de sa femme, en 1680. Le mari et la femme avaient à payer le loyer d'une maison agréable ; leurs domestiques étaient au nombre de dix ; ils avaient quatre chevaux et deux

Je suis bien aise d'apprendre à l'univers que j'ai une terre qui me vaudrait net quarante écus de rente, n'était la taxe à laquelle elle est imposée.

Il parut plusieurs édits de quelques personnes qui, se trouvant de loisir, gouvernent l'État au coin de leur feu. Le préambule de ces édits était que la puissance *législative et exécutrice est née de droit divin copropriétaire de ma terre,* et que je lui dois au moins la moitié de ce que je mange. L'énormité de l'estomac de la puissance législatrice et exécutrice me fit faire un grand signe de croix. Que serait-ce si cette puissance, qui préside à l'*ordre essentiel des sociétés,* avait ma terre en entier ! L'un est encore plus divin que l'autre.

Monsieur le contrôleur général sait que je ne payais en tout que douze livres ; que c'était un fardeau très pesant pour moi, et que j'y aurais succombé si Dieu ne m'avait donné le génie de faire des paniers d'osier, qui m'aidaient à supporter ma misère. Comment donc pourrai-je tout d'un coup donner au roi vingt écus ?

Les nouveaux ministres disaient encore dans leur préambule qu'on ne doit taxer que les terres, parce que tout vient de la terre, jusqu'à la pluie, et que par conséquent il n'y a que les fruits de la terre qui doivent l'impôt.

Un de leurs huissiers vint chez moi dans la dernière

---

cochers, un bon dîner tous les jours. Madame de Maintenon évalue le tout à neuf mille francs par an, et met trois mille livres pour le jeu, les spectacles, les fantaisies, et les magnificences de monsieur et de madame.

Il faudrait à présent environ quarante mille livres pour mener une telle vie dans Paris ; il n'en eût fallu que six mille du temps d'Henri IV. Cet exemple prouve assez que le vieux bonhomme ne radote pas absolument.

guerre; il me demanda pour ma quote-part trois setiers de blé et un sac de fèves, le tout valant vingt écus, pour soutenir la guerre qu'on faisait, et dont je n'ai jamais su la raison, ayant seulement entendu dire que, dans cette guerre, il n'y avait rien à gagner du tout pour mon pays, et beaucoup à perdre. Comme je n'avais alors ni blé, ni fèves, ni argent, la puissance législative et exécutrice me fit traîner en prison, et on fit la guerre comme on put.

En sortant de mon cachot, n'ayant que la peau sur les os, je rencontrai un homme joufflu et vermeil dans un carrosse à six chevaux; il avait six laquais, et donnait à chacun d'eux pour gages le double de mon revenu. Son maître d'hôtel, aussi vermeil que lui, avait deux mille francs d'appointements, et lui en volait par an vingt mille. Sa maîtresse lui coûtait quarante mille écus en six mois; je l'avais connu autrefois dans le temps qu'il était moins riche que moi: il m'avoua, pour me consoler, qu'il jouissait de quatre cent mille livres de rente. « Vous en payez donc deux cent mille à l'État, lui dis-je, pour soutenir la guerre avantageuse que nous avons; car moi, qui n'ai juste que mes cent vingt livres, il faut que j'en paye la moitié.

— Moi, dit-il, que je contribue aux besoins de l'État! Vous voulez rire, mon ami; j'ai hérité d'un oncle qui avait gagné huit millions à Cadix et à Surate; je n'ai pas un pouce de terre, tout mon bien est en contrats, en billets sur la place: je ne dois rien à l'État; c'est à vous de donner la moitié de votre subsistance, vous qui êtes un seigneur terrien. Ne voyez-vous pas que, si le ministre des finances exigeait de moi quelques secours pour la patrie, il serait un imbécile qui ne saurait pas calculer? Car tout vient de la terre; l'argent et les billets ne sont que des gages d'échange: au lieu de mettre sur une carte au pharaon cent setiers de blé, cent bœufs, mille moutons, et deux cents sacs d'avoine, je joue des rouleaux d'or qui représentent ces denrées dégoûtantes. Si, après avoir mis l'*impôt unique* sur ces denrées, on venait encore me demander de l'argent, ne voyez-vous pas que ce serait un double emploi ? que ce serait demander deux fois la même chose ? Mon oncle vendit à Cadix pour deux millions de votre blé, et pour deux millions d'étoffes fabriquées avec votre laine : il gagna plus de cent pour cent dans ces deux affaires. Vous concevez bien que ce profit fut fait sur des terres déjà taxées : ce que mon oncle achetait dix sous de vous, il le revendait plus de cinquante francs au Mexique ; et, tous frais faits, il est revenu avec huit millions.

« Vous sentez bien qu'il serait d'une horrible injustice de lui redemander quelques oboles sur les dix sous qu'il vous donna. Si vingt neveux comme moi, dont les oncles auraient gagné dans le bon temps chacun huit millions au Mexique, à Buenos-Ayres, à Lima, à Surate ou à Pondichéry, prêtaient seulement à l'État chacun deux cent mille francs dans les besoins urgents de la patrie, cela produirait quatre millions : quelle horreur ! Payez mon ami, vous qui jouissez en paix d'un revenu clair et net de quarante écus ; servez bien la patrie, et venez quelquefois dîner avec ma livrée. »

Ce discours plausible me fit beaucoup réfléchir, et ne me consola guère.

ENTRETIEN AVEC UN GÉOMÈTRE

Il arrive quelquefois qu'on ne peut rien répondre, et qu'on n'est pas persuadé. On est atterré sans pouvoir être convaincu. On sent dans le fond de son âme un scrupule, une répugnance qui nous empêche de croire ce qu'on nous a prouvé. Un géomètre vous démontre qu'entre un cercle et une tangente vous pouvez faire passer une infinité de lignes courbes, et que vous n'en pouvez faire passer une droite : vos yeux, votre raison, vous disent le contraire. Le géomètre vous répond gravement que c'est là un infini du second ordre. Vous vous taisez, et vous vous en retournez tout stupéfait, sans avoir aucune idée nette, sans rien comprendre, et sans rien répliquer.

Vous consultez un géomètre de meilleure foi, qui vous explique le mystère. « Nous supposons, dit-il, ce qui ne peut être dans la nature, des lignes qui ont de la longueur sans largeur : il est impossible, physiquement parlant, qu'une ligne réelle en pénètre une autre. Nulle courbe, ni nulle droite réelle ne peut passer entre deux lignes réelles qui se touchent : ce ne sont là que des jeux de l'entendement, des chimères idéales ; et la véritable géométrie est l'art de mesurer les choses existantes. »

Je fus très content de l'aveu de ce sage mathématicien, et je me mis à rire, dans mon malheur, d'apprendre qu'il y avait de la charlatanerie jusque dans la science qu'on appelle la *haute science*.

Mon géomètre était un citoyen philosophe qui avait daigné quelquefois causer avec moi dans ma chaumière. Je lui dis : « Monsieur, vous avez tâché d'éclairer les badauds de Paris sur le plus grand intérêt des hommes, la durée de la vie humaine. Le ministère a connu par vous seul ce qu'il doit donner aux rentiers viagers, selon leurs différents âges. Vous avez proposé de donner aux maisons de la ville l'eau qui leur manque, et de nous sauver enfin de l'opprobre et du ridicule d'entendre toujours crier *à l'eau*, et de voir des femmes enfermées dans un cerceau oblong porter deux seaux d'eau, pesant ensemble trente livres, à un quatrième étage auprès d'un privé. Faites-moi, je vous prie, l'amitié de me dire combien il y a d'animaux à deux mains et à deux pieds en France.

LE GÉOMÈTRE

On prétend qu'il y en a environ vingt millions, et je veux bien adopter ce calcul très probable[b], en attendant qu'on le vérifie ; ce qui serait très aisé, et qu'on n'a pas encore fait, *parce qu'on ne s'avise jamais de tout*.

L'HOMME AUX QUARANTE ÉCUS

Combien croyez-vous que le territoire de France contienne d'arpents ?

LE GÉOMÈTRE

Cent trente millions, dont presque la moitié est en chemins, en villes, villages, landes, bruyères, marais, sables, terres stériles, couvents inutiles, jardins de plaisance plus agréables qu'utiles, terrains incultes, mauvais terrains mal cultivés. On pourrait réduire les terres d'un bon rapport à soixante et quinze millions d'arpents carrés ; mais comptons-en quatre-vingts millions : on ne saurait trop faire pour sa patrie.

L'HOMME AUX QUARANTE ÉCUS

Combien croyez-vous que chaque arpent rapporte l'un dans l'autre, année commune, en blés, en semence de toute espèce, vins, étangs, bois, métaux, bestiaux, fruits, laines, soies, lait, huiles, tous frais faits, sans compter l'impôt ?

b. Cela est prouvé par les mémoires des intendants, faits à la fin du dix-septième siècle, combinés avec le dénombrement par feux, composé en 1753 par ordre de Monsieur le comte d'Argenson, et surtout avec l'ouvrage très exact de Monsieur de Mezence, fait sous les yeux de Monsieur l'intendant de la Michaudière, l'un des hommes les plus éclairés.

LE GÉOMÈTRE

Mais, s'ils produisent chacun vingt-cinq livres, c'est beaucoup ; cependant mettons trente livres, pour ne pas décourager nos concitoyens. Il y a des arpents qui produisent des valeurs renaissantes estimées trois cents livres ; il y en a qui produisent trois livres. La moyenne proportionnelle entre trois et trois cents est trente : car vous voyez bien que trois est à trente comme trente est à trois cents. Il est vrai que, s'il y avait beaucoup d'arpents à trente livres, et très peu à trois cents livres, notre compte ne s'y trouverait pas ; mais, encore une fois, je ne veux point chicaner.

L'HOMME AUX QUARANTE ÉCUS

Eh bien ! monsieur, combien les quatre-vingts millions d'arpents donneront-ils de revenu, estimé en argent ?

LE GÉOMÈTRE

Le compte est tout fait : cela produit par an deux milliards quatre cents millions de livres numéraires au cours de ce jour.

L'HOMME AUX QUARANTE ÉCUS

J'ai lu que Salomon possédait lui seul vingt-cinq milliards d'argent comptant ; et certainement il n'y a pas deux milliards quatre cents millions d'espèces circulantes dans la France, qu'on m'a dit être beaucoup plus grande et plus riche que le pays de Salomon.

LE GÉOMÈTRE

C'est là le mystère : il y a peut-être à présent environ neuf cents millions d'argent circulant dans le royaume, et cet argent, passant de main en main, suffit pour payer toutes les denrées et tous les travaux ; le même écu peut passer mille fois de la poche du cultivateur dans celle du cabaretier et du commis des aides.

L'HOMME AUX QUARANTE ÉCUS

J'entends. Mais vous m'avez dit que nous sommes vingt millions d'habitants, hommes et femmes, vieillards et enfants : combien pour chacun, s'il vous plaît.

LE GÉOMÈTRE

Cent vingt livres, ou quarante écus.

L'HOMME AUX QUARANTE ÉCUS

Vous avez deviné tout juste mon revenu : j'ai quatre arpents qui, en comptant les années de repos mêlées avec les années de produit, me valent cent vingt livres ; c'est peu de chose.

Quoi ! si chacun avait une portion égale, comme dans l'âge d'or, chacun n'aurait que cinq louis d'or par an ?

LE GÉOMÈTRE

Pas davantage, suivant notre calcul, que j'ai un peu enflé. Tel est l'état de la nature humaine. La vie et la fortune sont bien bornées : on ne vit à Paris, l'un portant l'autre, que vingt-deux à vingt-trois ans ; l'un portant l'autre, on n'a tout au plus que cent vingt livres par an à dépenser : c'est-à-dire que votre nourriture, votre vêtement, votre logement, vos meubles, sont représentés par la somme de cent vingt livres.

L'HOMME AUX QUARANTE ÉCUS

Hélas ! que vous ai-je fait pour m'ôter ainsi la fortune et la vie ? Est-il vrai que je n'aie que vingt-trois ans à vivre, à moins que je ne vole la part de mes camarades.

LE GÉOMÈTRE

Cela est incontestable dans la bonne ville de Paris ; mais de ces vingt-trois ans il en faut retrancher au moins dix de votre enfance : car l'enfance n'est pas une jouissance de la vie, c'est une préparation, c'est le vestibule de l'édifice, c'est l'arbre qui n'a pas encore donné de fruits, c'est le crépuscule d'un jour. Retranchez des treize années qui vous restent le temps du sommeil et celui de l'ennui, c'est au moins la moitié : reste six ans et demi que vous passez dans le chagrin, les douleurs, quelques plaisirs, et l'espérance.

L'HOMME AUX QUARANTE ÉCUS

Miséricorde ! votre compte ne va pas à trois ans d'une existence supportable.

LE GÉOMÈTRE

Ce n'est pas ma faute. La nature se soucie fort peu des individus. Il y a d'autres insectes qui ne vivent qu'un jour, mais dont l'espèce dure à jamais. La nature est comme ces grands princes qui comptent pour rien la perte de quatre cent mille hommes, pourvu qu'ils viennent à bout de leurs augustes desseins.

L'HOMME AUX QUARANTE ÉCUS

Quarante écus, et trois ans à vivre ! quelle ressource imagineriez-vous contre ces deux malédictions ?

LE GÉOMÈTRE

Pour la vie, il faudrait rendre dans Paris l'air plus pur, que les hommes mangeassent moins, qu'ils fissent plus d'exercice, que les mères allaitassent leurs enfants, qu'on ne fût plus assez malavisé pour craindre l'inoculation : c'est ce que j'ai déjà dit, et pour la fortune, il n'y a qu'à se marier, et faire des garçons et des filles.

L'HOMME AUX QUARANTE ÉCUS

Quoi ! le moyen de vivre commodément est d'associer ma misère à celle d'un autre ?

LE GÉOMÈTRE

Cinq ou six misères ensemble font un établissement très tolérable. Ayez une brave femme, deux garçons et deux filles seulement, cela fait sept cent vingt livres pour votre petit ménage, supposé que justice soit faite, et que chaque individu ait cent vingt livres de rente. Vos enfants en bas âge ne vous coûtent presque rien ; devenus grands, ils vous soulagent ; leurs secours mutuels vous sauvent presque toutes les dépenses, et vous vivez très heureusement en philosophe, pourvu que ces messieurs qui gouvernent l'État n'aient pas la barbarie de vous extorquer à chacun vingt écus par an ; mais le malheur est que nous ne sommes plus dans l'âge d'or, où les hommes, nés tous égaux, avaient également part aux productions succulentes d'une terre non cultivée. Il s'en faut beaucoup aujourd'hui que chaque être à deux mains et à deux pieds possède un fonds de cent vingt livres de revenu.

L'HOMME AUX QUARANTE ÉCUS

Ah ! vous nous ruinez. Vous nous disiez tout à l'heure que dans un pays où il y a quatre-vingts millions d'arpents de terre assez bonne, et vingt millions d'habitants, chacun doit jouir de cent vingt livres de rente, et vous nous les ôtez.

LE GÉOMÈTRE

Je comptais suivant les registres du siècle d'or, et il faut compter suivant le siècle de fer. Il y a beaucoup d'habitants qui n'ont que la valeur de dix écus de rente, d'autres qui n'en ont que quatre ou cinq, et plus de six millions d'hommes qui n'ont absolument rien.

L'HOMME AUX QUARANTE ÉCUS

Mais ils mourraient de faim au bout de trois jours.

LE GÉOMÈTRE

Point du tout : les autres qui possèdent leurs portions les font travailler, et partagent avec eux ; c'est ce qui paye le théologien, le confiturier, l'apothicaire, le prédicateur, le comédien, le procureur et le fiacre. Vous vous êtes cru à plaindre de n'en avoir que cent vingt livres à dépenser par an, réduites à cent huit livres à cause de votre taxe de douze francs ; mais regardez les soldats qui donnent leur sang pour la patrie : ils ne disposent, à quatre sous par jour, que de soixante et treize livres, et ils vivent gaiement en s'associant par chambrées.

L'HOMME AUX QUARANTE ÉCUS

Ainsi donc un ex-jésuite a plus de cinq fois la paye du soldat. Cependant les soldats ont rendu plus de services à l'État sous les yeux du roi à Fontenoy, à Laufelt, au siège de Fribourg, que n'en a jamais rendu le révérend père La Valette.

LE GÉOMÈTRE

Rien n'est plus vrai ; et même chaque jésuite devenu libre a plus à dépenser qu'il ne coûtait à son couvent : il y en a même qui ont gagné beaucoup d'argent à faire des brochures contre les parlements, comme le révérend père Patouillet et le révérend père Nonotte. Chacun s'ingénie dans ce monde : l'un est à la tête d'une manufacture d'étoffes ; l'autre de porcelaine ; un autre entreprend l'opéra ; celui-ci fait la gazette ecclésiastique ; cet autre, une tragédie bourgeoise, ou un roman dans le goût anglais ; il entretient le papetier, le marchand d'encre, le libraire, le colporteur, qui sans lui demanderaient l'aumône. Ce n'est enfin que la restitution de cent vingt livres à ceux qui n'ont rien qui fait fleurir l'État.

L'HOMME AUX QUARANTE ÉCUS

Parfaite manière de fleurir !

LE GÉOMÈTRE

Il n'y en a point d'autre : par tout pays le riche fait vivre le pauvre. Voilà l'unique source de l'industrie du commerce. Plus la nation est industrieuse, plus elle gagne sur l'étranger. Si nous attrapions de l'étranger dix millions par an pour la balance du commerce, il y aurait dans vingt ans deux cent millions de plus dans l'État : ce serait dix francs de plus à répartir loyalement sur chaque tête, c'est-à-dire que les négociants feraient gagner à chaque pauvre dix francs de plus, dans l'espérance de faire des gains encore plus considérables ; mais le commerce a ses bornes, comme la fertilité de la terre : autrement la progression irait à l'infini ; et puis il n'est pas sûr que la balance de notre commerce nous soit toujours favorable : il y a des temps où nous perdons.

L'HOMME AUX QUARANTE ÉCUS

J'ai entendu parler beaucoup de population. Si nous nous avisions de faire le double d'enfants de ce que nous en faisons, si notre patrie était peuplée du double, si nous avions quarante millions d'habitants au lieu de vingt, qu'arriverait-il ?

LE GÉOMÈTRE

Il arriverait que chacun n'aurait à dépenser que vingt écus, l'un portant l'autre, ou qu'il faudrait que la terre rendît le double de ce qu'elle rend, ou qu'il y aurait le double de pauvres, ou qu'il faudrait avoir le double d'industrie, et gagner le double sur l'étranger, ou envoyer la moitié de la nation en Amérique, ou que la moitié de la nation mangeât l'autre.

L'HOMME AUX QUARANTE ÉCUS

Contentons-nous donc de nos vingt millions d'hommes, et de nos cent vingt livres par tête, réparties comme il plaît à Dieu ; mais cette situation est triste, et votre siècle de fer est bien dur.

LE GÉOMÈTRE

Il n'y a aucune nation qui soit mieux, et il en est beaucoup qui sont plus mal. Croyez-vous qu'il y ait dans le Nord de quoi donner la valeur de cent vingt livres à chaque habitant ? S'ils avaient eu l'équivalent, les Huns, les Goths, les Vandales et les Francs n'auraient pas déserté leur patrie pour aller s'établir ailleurs, le fer et la flamme à la main.

L'HOMME AUX QUARANTE ÉCUS

Si je vous laissais dire, vous me persuaderiez bientôt que je suis heureux avec mes cent vingt francs.

LE GÉOMÈTRE

Si vous pensiez être heureux, en ce cas vous le seriez.

L'HOMME AUX QUARANTE ÉCUS

On ne peut s'imaginer être ce qu'on n'est pas, à moins qu'on ne soit fou.

LE GÉOMÈTRE

Je vous ai déjà dit que, pour être plus à votre aise et plus heureux que vous n'êtes, il faut que vous preniez une femme ; mais j'ajouterai qu'elle doit avoir comme vous cent vingt livres de rente, c'est-à-dire quatre arpents à dix écus l'arpent. Les anciens Romains n'en avaient chacun que trois. Si vos enfants sont industrieux, ils pourront en gagner chacun autant en travaillant pour les autres.

L'HOMME AUX QUARANTE ÉCUS

Ainsi ils ne pourront avoir de l'argent sans que d'autres en perdent.

LE GÉOMÈTRE

C'est la loi de toutes les nations; on ne respire qu'à ce prix.

L'HOMME AUX QUARANTE ÉCUS

Et il faudra que ma femme et moi nous donnions chacun la moitié de notre récolte à la puissance législatrice et exécutrice, et que les nouveaux ministres d'État nous enlèvent la moitié du prix de nos sueurs et de la substance de nos pauvres enfants avant qu'ils puissent gagner leur vie! Dites-moi, je vous prie, combien nos nouveaux ministres font entrer d'argent de droit divin dans les coffres du roi.

LE GÉOMÈTRE

Vous payez vingt écus pour quatre arpents qui vous en rapportent quarante. L'homme riche qui possède quatre cents arpents payera deux mille écus par ce nouveau tarif, et les quatre-vingts millions d'arpents rendront au roi douze cents millions de livres par année, ou quatre cents millions d'écus.

L'HOMME AUX QUARANTE ÉCUS

Cela me paraît impraticable et impossible.

LE GÉOMÈTRE

Vous avez très grande raison, et cette impossibilité est une démonstration géométrique qu'il y a un vice fondamental de raisonnement dans nos nouveaux ministres.

L'HOMME AUX QUARANTE ÉCUS

N'y a-t-il pas aussi une prodigieuse injustice démontrée à me prendre la moitié de mon blé, de mon chanvre, de la laine de mes moutons, etc., et de n'exiger aucun secours de ceux qui auront gagné dix ou vingt, ou trente mille livres de rente avec mon chanvre, dont ils ont tissu de la toile ; avec ma laine, dont ils ont fabriqué des draps ; avec mon blé, qu'ils auront vendu plus cher qu'ils ne l'ont acheté ?

LE GÉOMÈTRE

L'injustice de cette administration est aussi évidente que son calcul est erroné. Il faut que l'industrie soit favorisée ; mais il faut que l'industrie opulente secoure l'État. Cette industrie vous a certainement ôté une partie de vos cent vingt livres, et se les est appropriées en vous vendant vos chemises et votre habit vingt fois plus cher qu'ils ne vous auraient coûté si vous les aviez faits vous-même. Le manufacturier, qui s'est enrichi à vos dépens, a, je l'avoue, donné un salaire à ses ouvriers, qui n'avaient rien par eux-mêmes ; mais il a retenu pour lui, chaque année, une somme qui lui a valu enfin trente mille livres de rente : il a donc acquis cette fortune à vos dépens ; vous ne pourrez jamais lui vendre vos denrées assez cher pour vous rembourser de ce qu'il a gagné sur vous : car, si vous tentiez ce surhaussement, il en ferait venir de l'étranger à meilleur prix. Une preuve que cela est ainsi, c'est qu'il reste toujours possesseur de ses trente mille livres de rente, et vous restez avec vos cent vingt livres, qui diminuent souvent, bien loin d'augmenter.

Il est donc nécessaire et équitable que l'industrie raffinée du négociant paye plus que l'industrie grossière du laboureur. Il en est de même des receveurs des deniers publics. Votre taxe avait été jusqu'ici de douze francs avant que nos grands ministres vous eussent pris vingt écus. Sur ces douze francs, le publicain retenait dix sols pour lui. Si dans votre province il y a cinq cent mille âmes, il aura gagné deux cent cinquante mille francs par an. Qu'il en dépense cinquante, il est clair qu'au bout de dix ans il aura deux millions de bien. Il est très juste qu'il contribue à proportion, sans quoi tout serait perverti et bouleversé.

L'HOMME AUX QUARANTE ÉCUS

Je vous remercie d'avoir taxé ce financier, cela soulage mon imagination ; mais puisqu'il a si bien augmenté son superflu, comment puis-je faire pour accroître aussi ma petite fortune ?

LE GÉOMÈTRE

Je vous l'ai déjà dit, en vous mariant, en travaillant, en tâchant de tirer de votre terre quelques gerbes de plus que ce qu'elle vous produisait.

L'HOMME AUX QUARANTE ÉCUS

Je suppose que j'aie bien travaillé ; que toute la nation en ait fait autant ; que la puissance législative et exécutrice en ait reçu un plus gros tribut : combien la nation a-t-elle gagné au bout de l'année ?

LE GÉOMÈTRE

Rien du tout ; à moins qu'elle n'ait fait un commerce étranger utile ; mais elle aura vécu plus commodément. Chacun aura eu à proportion plus d'habits, de chemises, de meubles, qu'il n'en avait auparavant. Il y aura eu dans l'État une circulation plus abondante ; les salaires auront été augmentés avec le temps à peu près en proportion du nombre de gerbes de blé, de toisons de moutons, de cuirs de bœufs, de cerfs et de chèvres, qui auront été employés, de grappes de raisin qu'on aura foulées dans le pressoir. On aura payé au roi plus de valeurs de denrées en argent, et le roi aura rendu plus de valeurs à tous ceux qu'il aura fait travailler sous ses ordres ; mais il n'y aura pas un écu de plus dans le royaume.

L'HOMME AUX QUARANTE ÉCUS

Que restera-t-il donc à la puissance au bout de l'année ?

LE GÉOMÈTRE

Rien, encore une fois ; c'est ce qui arrive à toute puissance : elle ne thésaurise pas ; elle a été nourrie, vêtue, logée, meublée ; tout le monde l'a été aussi, chacun suivant son état ; et, si elle thésaurise, elle a arraché à la circulation autant d'argent qu'elle en a entassé ; elle a fait autant de malheureux qu'elle a mis de fois quarante écus dans ses coffres.

L'HOMME AUX QUARANTE ÉCUS

Mais ce grand Henri IV n'était donc qu'un vilain, un ladre, un pillard : car on m'a conté qu'il avait encaqué dans la Bastille plus de cinquante millions de notre monnaie d'aujourd'hui ?

LE GÉOMÈTRE

C'était un homme aussi bon, aussi prudent que valeureux. Il allait faire une juste guerre, et en amassant dans ses coffres vingt-deux millions de son temps, en ayant encore à recevoir plus de vingt autres qu'il laissait circuler, il épargnait à son peuple plus de cent millions qu'il en aurait coûté s'il n'avait pas pris ces utiles mesures. Il se rendait moralement sûr du succès contre un ennemi qui n'avait pas les mêmes précautions. Le calcul des probabilités était prodigieusement en sa faveur. Ces vingt-deux millions encaissés prouvaient qu'il y avait alors dans le royaume la valeur de vingt-deux millions d'excédent dans les biens de la terre : ainsi personne ne souffrait.

L'HOMME AUX QUARANTE ÉCUS

Mon vieillard me l'avait bien dit qu'on était à proportion plus riche sous l'administration du duc de Sully que sous celle des nouveaux ministres, qui ont mis l'impôt unique, et qui m'ont pris vingt écus sur quarante. Dites-moi, je vous prie, y a-t-il une nation au monde qui jouisse de ce beau bénéfice de l'impôt unique ?

LE GÉOMÈTRE

Pas une nation opulente. Les Anglais, qui ne rient guère, se sont mis à rire quand ils ont appris que des gens d'esprit avaient proposé parmi nous cette administration. Les Chinois exigent une taxe de tous les vaisseaux marchands qui abordent à Kanton ; les Hollandais payent à Nangasaqui, quand ils sont reçus au Japon, sous prétexte qu'ils ne sont pas chrétiens ; les Lapons et les Samoyèdes, à la vérité, sont soumis à un impôt unique en peaux de martres ; la république de Saint-Marin ne paye que des dîmes pour entretenir l'État dans sa splendeur.

Il y a dans notre Europe une nation célèbre par son équité et par sa valeur qui ne paye aucune taxe : c'est le peuple helvétien. Mais voici ce qui est arrivé : ce peuple s'est mis à la place des ducs d'Autriche et de Zeringue ; les petits cantons sont démocratiques et très pauvres ; chaque habitant y paye une somme très modique pour les besoins de la petite république. Dans les cantons riches, on est chargé envers l'État des redevances que les archiducs d'Autriche et les seigneurs fonciers exigeaient : les cantons protestants sont à proportion du double plus riches que les catholiques, parce que l'État y possède les biens des moines. Ceux qui étaient sujets des archiducs d'Autriche, des ducs de Zeringue, et des moines, le sont aujourd'hui de la patrie ; ils payent à cette patrie les mêmes dîmes, les mêmes droits, les mêmes lods et ventes qu'ils payaient à leurs anciens maîtres ; et, comme les sujets en général ont très peu de commerce, le négoce n'est assujetti à aucune charge, excepté de petits droits d'entrepôt : les hommes trafiquent de leur valeur avec les puissances étrangères, et se vendent pour quelques années, ce qui fait entrer quelque argent dans leur pays à nos dépens ; et c'est un exemple aussi unique dans le monde policé que l'est l'impôt établi par vos nouveaux législateurs.

L'HOMME AUX QUARANTE ÉCUS

Ainsi, monsieur, les Suisses ne sont pas de droit divin dépouillés de la moitié de leurs biens ; et celui qui possède quatre vaches n'en donne pas deux à l'État ?

LE GÉOMÈTRE

Non, sans doute. Dans un canton, sur treize tonneaux de vin on en donne un et on en boit douze. Dans un autre canton, on paye la douzième partie et on en boit onze.

L'HOMME AUX QUARANTE ÉCUS

Ah ! qu'on me fasse Suisse ! Le maudit impôt que l'impôt unique et inique qui m'a réduit à demander l'aumône ! Mais trois ou quatre cents impôts, dont les noms même me sont impossibles à retenir et à prononcer, sont-ils plus justes et plus honnêtes ? Y a-t-il jamais eu un législateur qui, en fondant un État, ait imaginé de créer des conseillers du roi mesureurs de charbons, jaugeurs de vin, mouleurs de bois, langueyeurs de porcs, contrôleurs de beurre salé ? d'entretenir une armée de faquins deux fois plus nombreuse que celle d'Alexandre, commandée par soixante généraux qui mettent le pays à contribution, qui remportent des victoires signalées tous les jours, qui font des prisonniers, et qui quelquefois les sacrifient en l'air ou sur un petit théâtre de planches, comme faisaient les anciens Scythes, à ce que m'a dit mon curé ?

Une telle législation, contre laquelle tant de cris s'élevaient, et qui faisait verser tant de larmes, valait-elle mieux que celle qui m'ôte tout d'un coup nettement et paisiblement la moitié de mon existence ? J'ai peur qu'à bien compter on ne m'en prît en détail les trois quarts sous l'ancienne finance.

LE GÉOMÈTRE

Iliacos intra muros peccatur et extra.
Est modus in rebus. Caveas ne quid nimis.

L'HOMME AUX QUARANTE ÉCUS

J'ai appris un peu d'histoire et de géométrie, mais je ne sais pas le latin.

LE GÉOMÈTRE

Cela signifie à peu près : « On a tort des deux côtés. Gardez le milieu en tout. Rien de trop. »

L'HOMME AUX QUARANTE ÉCUS

Oui, rien de trop, c'est ma situation ; mais je n'ai pas assez.

LE GÉOMÈTRE

Je conviens que vous périrez de faim, et moi aussi, et l'État aussi, supposé que la nouvelle administration dure seulement deux ans ; mais il faut espérer que Dieu aura pitié de nous.

L'HOMME AUX QUARANTE ÉCUS

On passe sa vie à espérer, et on meurt en espérant. Adieu, monsieur ; vous m'avez instruit, mais j'ai le cœur navré.

LE GÉOMÈTRE

C'est souvent le fruit de la science.

AVENTURE AVEC UN CARME

Quand j'eus bien remercié l'académicien de l'Académie des sciences de m'avoir mis au fait, je m'en allai tout pantois, louant la Providence, mais grommelant entre mes dents ces tristes paroles : « Vingt écus de rente seulement pour vivre, et n'avoir que vingt-deux ans à vivre ! » Hélas ! puisse notre vie être encore plus courte, puisqu'elle est si malheureuse !

Je me trouvai bientôt vis-à-vis d'une maison superbe. Je sentais déjà la faim ; je n'avais pas seulement la cent vingtième partie de la somme qui appartient de droit à chaque individu ; mais, dès qu'on m'eut appris que ce palais était le couvent des révérends pères carmes déchaussés, je conçus de grandes espérances, et je dis : « Puisque ces saints sont assez humbles pour marcher pieds nus, ils seront assez charitables pour me donner à dîner. »

Je sonnai ; un carme vint : « Que voulez-vous, mon fils ? — Du pain, mon révérend père ; les nouveaux édits m'ont tout ôté. — Mon fils, nous demandons nous-mêmes l'aumône ; nous ne la faisons pas. — Quoi ! votre saint institut vous ordonne de n'avoir pas de souliers, et vous avez une maison de prince, et vous me refusez à manger ! — Mon fils, il est vrai que nous sommes sans souliers et sans bas : c'est une dépense de moins ; mais nous n'avons pas plus froid aux pieds qu'aux mains ; et si notre saint institut nous avait ordonné d'aller cul nu, nous n'aurions point froid au derrière. À l'égard de notre belle maison, nous l'avons aisément bâtie, parce que nous avons cent mille livres de rente en maisons dans la même rue. — Ah ! ah ! vous me laissez mourir de faim, et vous avez cent mille livres de rente ! Vous en rendez donc cinquante mille au nouveau gouvernement ? — Dieu nous préserve de payer une obole ! Le seul produit de la terre cultivée par des mains laborieuses, endurcies de calus et mouillées de larmes, doit des tributs à la puissance législatrice et exécutrice. Les aumônes qu'on nous a données nous ont mis en état de faire bâtir ces maisons, dont nous tirons cent mille livres par an ; mais ces aumônes venant des fruits de la terre, ayant déjà payé le tribut, elles ne doivent pas payer deux fois : elles ont sanctifié les fidèles qui se sont appauvris en nous enrichissant, et nous continuons à demander l'aumône et à mettre à contribution le faubourg St-Germain pour sanctifier encore les fidèles. » Ayant dit ces mots, le carme me ferma la porte au nez.

Je passai par-devant l'hôtel des mousquetaires gris ; je contai la chose à un de ces messieurs : ils me donnèrent un bon dîner et un écu. L'un d'eux proposa d'aller brûler le couvent ; mais un mousquetaire plus sage lui montra que le temps n'était pas encore venu, et le pria d'attendre encore deux ou trois ans.

AUDIENCE
DE MONSIEUR LE CONTRÔLEUR GÉNÉRAL

J'allai, avec mon écu, présenter un placet à monsieur le contrôleur général, qui donnait audience ce jour-là. Son antichambre était remplie de gens de toute espèce. Il y avait surtout des visages encore plus pleins, des ventres plus rebondis, des mines plus fières que mon homme aux huit millions. Je n'osais m'approcher ; je les voyais, et ils ne me voyaient pas.

Un moine, gros décimateur, avait intenté un procès à des citoyens qu'il appelait *ses paysans*. Il avait déjà plus de revenu que la moitié de ses paroissiens ensemble, et de plus il était seigneur de fief. Il prétendait que ses vassaux, ayant converti avec des peines extrêmes leurs bruyères en vignes, ils lui devaient la dixième partie de leur vin, ce qui faisait, en comptant le prix du travail et des échalas, et des futailles, et du cellier, plus du quart de la récolte. « Mais comme les dîmes, disait-il, sont de droit divin, je demande le quart de la substance de mes paysans au nom de Dieu. » Le ministre lui dit : « Je vois combien vous êtes charitable ! »

Un fermier général, fort intelligent dans les aides, lui dit alors : « Monseigneur, ce village ne peut rien donner à ce moine : car, ayant fait payer aux paroissiens l'année passée trente-deux impôts pour leur vin, et les ayant fait condamner ensuite à payer le trop bu, ils sont entièrement ruinés. J'ai fait vendre leurs bestiaux et leurs meubles, ils sont encore mes redevables. Je m'oppose aux prétentions du révérend père.

— Vous avez raison d'être son rival, repartit le ministre ; vous aimez l'un et l'autre également votre prochain, et vous m'édifiez tous deux. »

Un troisième, moine et seigneur, dont les paysans sont mainmortables, attendait aussi un arrêt du conseil qui le mît en possession de tout le bien d'un badaud de

Paris, qui, ayant par inadvertance demeuré un an et un jour dans une maison sujette à cette servitude et enclavée dans les États de ce prêtre, y était mort au bout de l'année. Le moine réclamait tout le bien du badaud, et cela de droit divin.

Le ministre trouva le cœur du moine aussi juste et aussi tendre que les deux premiers.

Un quatrième, qui était contrôleur du domaine, présenta un beau mémoire par lequel il se justifiait d'avoir réduit vingt familles à l'aumône. Elles avaient hérité de leurs oncles ou tantes, ou frères, ou cousins; il avait fallu payer les droits. Le domanier leur avait prouvé généreusement qu'elles n'avaient pas assez estimé leurs héritages, qu'elles étaient beaucoup plus riches qu'elles ne croyaient, et, en conséquence, les ayant condamnées à l'amende du triple, les ayant ruinées en frais, et fait mettre en prison les pères de famille, il avait acheté leurs meilleures possessions sans bourse délier.

Le contrôleur général lui dit (d'un ton un peu amer à la vérité): «*Euge!* contrôleur *bone et fidelis; quia supra pauca fuisti fidelis,* fermier général *te constituam*[c].» Cependant il dit tout bas à un maître des requêtes qui était à côté de lui: «Il faudra bien faire rendre gorge à ces sangsues sacrées et à ces sangsues profanes: il est temps de soulager le peuple, qui, sans nos soins et notre équité, n'aurait jamais de quoi vivre que dans l'autre monde[d].»

Des hommes d'un génie profond lui présentèrent des projets. L'un avait imaginé de mettre des impôts sur l'esprit. «Tout le monde, disait-il, s'empressera de payer, personne ne voulant passer pour un sot.» Le ministre lui dit: «Je vous déclare exempt de la taxe.»

c. Je me fis expliquer ces paroles par un savant à quarante écus: elles me réjouirent.

d. Le cas à peu près semblable est arrivé dans la province que j'habite, et le contrôleur du domaine a été forcé à faire restitution; mais il n'a pas été puni.

Un autre proposa d'établir l'impôt unique sur les chansons et sur le rire, attendu que la nation était la plus gaie du monde, et qu'une chanson la consolait de tout ; mais le ministre observa que depuis quelque temps on ne faisait plus guère de chansons plaisantes, et il craignit que, pour échapper à la taxe, on ne devînt trop sérieux.

Vint un sage et brave citoyen qui offrit de donner au roi trois fois plus, en faisant payer par la nation trois fois moins. Le ministre lui conseilla d'apprendre l'arithmétique.

Un cinquième prouvait au roi, *par amitié,* qu'il ne pouvait recueillir que soixante et quinze millions ; mais qu'il allait lui en donner deux cent vingt-cinq. « Vous me ferez plaisir, dit le ministre, quand nous aurons payé les dettes de l'État. »

Enfin arriva un commis de l'auteur nouveau qui fait la puissance législatrice copropriétaire de toutes nos terres par le droit divin, et qui donnait au roi douze cents millions de rente. Je reconnus l'homme qui m'avait mis en prison pour n'avoir pas payé mes vingt écus. Je me jetai aux pieds de monsieur le contrôleur général, et je lui demandai justice ; il fit un grand éclat de rire, et me dit que c'était un tour qu'on m'avait joué. Il ordonna à ces mauvais plaisants de me donner cent écus de dédommagement, et m'exempta de taille pour le reste de ma vie. Je lui dis : « Monseigneur, Dieu vous bénisse ! »

LETTRE À L'HOMME AUX QUARANTE ÉCUS

Quoique je sois trois fois aussi riche que vous, c'est-à-dire quoique je possède trois cent soixante livres ou francs de revenu, je vous écris cependant comme d'égal à égal, sans affecter l'orgueil des grandes fortunes.

J'ai lu l'histoire de votre désastre et de la justice

que monsieur le contrôleur général vous a rendue ; je vous en fais mon compliment ; mais par malheur je viens de lire le *Financier citoyen,* malgré la répugnance que m'avait inspirée le titre, qui paraît contradictoire à bien des gens. Ce citoyen vous ôte vingt francs de vos rentes, et à moi soixante : il n'accorde que cent francs à chaque individu sur la totalité des habitants ; mais, en récompense, un homme non moins illustre enfle nos rentes jusqu'à cent cinquante livres ; je vois que votre géomètre a pris un juste milieu. Il n'est point de ces magnifiques seigneurs qui d'un trait de plume peuplent Paris d'un million d'habitants, et vous font rouler quinze cents millions d'espèces sonnantes dans le royaume, après tout ce que nous en avons perdu dans nos guerres dernières.

Comme vous êtes grand lecteur, je vous prêterai le *Financier citoyen ;* mais n'allez pas le croire en tout : il cite le testament du grand ministre Colbert, et il ne sait pas que c'est une rapsodie ridicule faite par un Gatien de Courtilz ; il cite la *Dîme* du maréchal de Vauban, et il ne sait pas qu'elle est d'un Boisguilbert ; il cite le testament du cardinal de Richelieu, et il ne sait pas qu'il est de l'abbé de Bourzeis. Il suppose que ce cardinal assure que *quand la viande enchérit, on donne une paye plus forte au soldat*. Cependant la viande enchérit beaucoup sous son ministère, et la paye du soldat n'augmenta point : ce qui prouve, indépendamment de cent autres preuves, que ce livre reconnu pour supposé dès qu'il parut, et ensuite attribué au cardinal même, ne lui appartient pas plus que les testaments du cardinal Alberoni et du maréchal de Belle-Isle ne leur appartiennent.

Défiez-vous toute votre vie des testaments et des systèmes : j'en ai été la victime comme vous. Si les Solons et les Lycurgues modernes se sont moqués de vous, les nouveaux Triptolèmes se sont encore plus moqués de moi, et, sans une petite succession qui m'a ranimé, j'étais mort de misère.

J'ai cent vingt arpents labourables dans le plus beau pays de la nature, et le sol le plus ingrat. Chaque arpent ne rend, tous frais faits, dans mon pays, qu'un écu de trois livres. Dès que j'eus lu dans les journaux qu'un célèbre agriculteur avait inventé un nouveau semoir, et qu'il labourait sa terre par planches, afin qu'en semant moins il recueillît davantage, j'empruntai vite de l'argent, j'achetai un semoir, je labourai par planches ; je perdis ma peine et mon argent, aussi bien que l'illustre agriculteur qui ne sème plus par planches.

Mon malheur voulut que je lusse le *Journal économique,* qui se vend à Paris chez Boudot. Je tombai sur l'expérience d'un Parisien ingénieux qui, pour se réjouir, avait fait labourer son parterre quinze fois, et y avait semé du froment, au lieu d'y planter des tulipes ; il eut une récolte très abondante. J'empruntai encore de l'argent. « Je n'ai qu'à donner trente labours, me disais-je, j'aurai le double de la récolte de ce digne Parisien, qui s'est formé des principes d'agriculture à l'Opéra et à la Comédie ; et me voilà enrichi par ses leçons et par son exemple. »

Labourer seulement quatre fois dans mon pays est une chose impossible ; la rigueur et les changements soudains de saisons ne le permettent pas ; et d'ailleurs le malheur que j'avais eu de semer par planches, comme l'illustre agriculteur dont j'ai parlé, m'avait forcé à vendre mon attelage. Je fais labourer trente fois mes cent vingt arpents par toutes les charrues qui sont à quatre lieues à la ronde. Trois labours pour chaque arpent coûtent douze livres, c'est un prix fait ; il fallut donner trente façons par arpent ; le labour de chaque arpent me coûta cent vingt livres : la façon de mes cent vingt arpents me revint à quatorze mille quatre cents livres. Ma récolte, qui se monte, année commune, dans mon maudit pays, à trois cents setiers, monta, il est vrai, à trois cent trente, qui, à vingt livres le setier, me produisirent six mille six cents livres : je perdis sept mille huit cents livres ; il est vrai que j'eus la paille.

J'étais ruiné, abîmé, sans une vieille tante qu'un grand médecin dépêcha dans l'autre monde, en raisonnant aussi bien en médecine que moi en agriculture.

Qui croirait que j'eus encore la faiblesse de me laisser séduire par le *Journal* de Boudot ? Cet homme-là, après tout, n'avait pas juré ma perte. Je lis dans son recueil qu'il n'y a qu'à faire une avance de quatre mille francs pour avoir quatre mille livres de rente en artichauts : certainement Boudot me rendra en artichauts ce qu'il m'a fait perdre en blé. Voilà mes quatre mille francs dépensés, et mes artichauts mangés par des rats de campagne. Je fus hué dans mon canton comme le diable de Papefiguière.

J'écrivais une lettre de reproche fulminante à Boudot. Pour toute réponse le traître s'égaya dans son *Journal* à mes dépens. Il me nia impudemment que les Caraïbes fussent nés rouges ; je fus obligé de lui envoyer une attestation d'un ancien procureur du roi de la Guadeloupe, comme quoi Dieu a fait les Caraïbes rouges ainsi que les Nègres noirs. Mais cette petite victoire ne m'empêcha pas de perdre jusqu'au dernier sou toute la succession de ma tante, pour avoir trop cru les nouveaux systèmes. Mon cher monsieur, encore une fois, gardez-vous des charlatans.

NOUVELLES DOULEURS OCCASIONNÉES PAR LES NOUVEAUX SYSTÈMES

(Ce petit morceau est tiré des manuscrits d'un vieux solitaire)

Je vois que si de bons citoyens se sont amusés à gouverner les États, et à se mettre à la place des rois ; si d'autres se sont crus des Triptolèmes et des Cérès, il y en a de plus fiers qui se sont mis sans façon à la place de Dieu, et qui ont créé l'univers avec leur plume, comme Dieu le créa autrefois par la parole.

Un des premiers qui se présenta à mes adorations fut un descendant de Thalès, nommé Telliamed, qui m'apprit que les montagnes et les hommes sont produits par les eaux de la mer. Il y eut d'abord de beaux hommes marins qui ensuite devinrent amphibies. Leur belle queue fourchue se changea en cuisses et en jambes. J'étais encore tout plein des *Métamorphoses* d'Ovide, et d'un livre où il était démontré que la race des hommes était bâtarde d'une race de babouins : j'aimais autant descendre d'un poisson que d'un singe.

Avec le temps j'eus quelques doutes sur cette généalogie, et même sur la formation des montagnes. « Quoi ! me dit-il, vous ne savez pas que les courants de la mer, qui jettent toujours du sable à droite et à gauche à dix ou douze pieds de hauteur, tout au plus, ont produit, dans une suite infinie de siècles, des montagnes de vingt mille pieds de haut, lesquelles ne sont pas de sable ? Apprenez que la mer a nécessairement couvert tout le globe. La preuve en est qu'on a vu des ancres de vaisseau sur le mont Saint-Bernard, qui étaient là plusieurs siècles avant que les hommes eussent des vaisseaux. Figurez-vous que la terre est un globe de verre qui a été longtemps tout couvert d'eau. »

Plus il m'endoctrinait, plus je devenais incrédule.

« Quoi donc ! me dit-il, n'avez-vous pas vu le falun de Touraine à trente-six lieues de la mer ? C'est un amas de coquilles avec lesquelles on engraisse la terre comme avec du fumier. Or, si la mer a déposé dans la succession des temps une mine entière de coquilles à trente-six lieues de l'Océan, pourquoi n'aura-t-elle pas été jusqu'à trois mille lieues pendant plusieurs siècles sur notre globe de verre ? »

Je lui répondis : « Monsieur Telliamed, il y a des gens qui font quinze lieues par jour à pied ; mais ils ne peuvent en faire cinquante. Je ne crois pas que mon jardin soit de verre ; et quant à votre falun, je doute encore qu'il soit un lit de coquilles de mer. Il se pourrait bien que ce ne fût qu'une mine de petites pierres calcaires qui prennent aisément la forme des fragments de coquilles, comme il y a des pierres qui sont figurées en langues, et qui ne sont point des langues ; en étoiles, et qui ne sont point des astres ; en serpents roulés sur eux-mêmes, et qui ne sont point des serpents ; en parties naturelles du beau sexe, et qui ne sont point pourtant les dépouilles des dames. On voit des dendrites, des pierres figurées, qui représentent des arbres et des maisons, sans que jamais ces petites pierres aient été des maisons et des chênes.

« Si la mer avait déposé tant de lits de coquilles en Touraine, pourquoi aurait-elle négligé la Bretagne, la Normandie, la Picardie, et toutes les autres côtes ? J'ai bien peur que ce falun tant vanté ne vienne pas plus de la mer que les hommes. Et quand la mer se serait répandue à trente-six lieues, ce n'est pas à dire qu'elle ait été jusqu'à trois mille, et même jusqu'à trois cents, et que toutes les montagnes aient été produites par les eaux. J'aimerais autant dire que le Caucase a formé la mer, que de prétendre que la mer a fait le Caucase.

— Mais, monsieur l'incrédule, que répondrez-vous

aux huîtres pétrifiées qu'on a trouvées sur le sommet des Alpes ?

— Je répondrai, monsieur le créateur, que je n'ai pas vu plus d'huîtres pétrifiées que d'ancres de vaisseau sur le haut du mont Cenis. Je répondrai ce qu'on a déjà dit, qu'on a trouvé des écailles d'huîtres (qui se pétrifient aisément) à de très grandes distances de la mer, comme on a déterré des médailles romaines à cent lieues de Rome ; et j'aime mieux croire que des pèlerins de Saint-Jacques ont laissé quelques coquilles vers Saint-Maurice que d'imaginer que la mer a formé le mont Saint-Bernard.

« Il y a des coquillages partout ; mais est-il bien sûr qu'ils ne soient pas les dépouilles des testacés et des crustacés de nos lacs et de nos rivières, aussi bien que des petits poissons marins ?

— Monsieur l'incrédule, je vous tournerai en ridicule dans le monde que je me propose de créer.

— Monsieur le créateur, à vous permis ; chacun est le maître dans son monde ; mais vous ne me ferez jamais croire que celui où nous sommes soit de verre, ni que quelques coquilles soient des démonstrations que la mer a produit les Alpes et le mont Taurus. Vous savez qu'il n'y a aucune coquille dans les montagnes d'Amérique. Il faut que ce ne soit pas vous qui ayez créé cet hémisphère, et que vous vous soyez contenté de former l'ancien monde : c'est bien assez.

— Monsieur, monsieur, si on n'a pas découvert de coquilles sur les montagnes d'Amérique, *on en découvrira*.

— Monsieur, c'est parler en créateur qui sait son secret, et qui est sûr de son fait. Je vous abandonne, si vous voulez, votre falun, pourvu que vous me laissiez mes montagnes. Je suis d'ailleurs le très humble et très obéissant serviteur de votre providence. »

Dans le temps que je m'instruisais ainsi avec Telliamed, un jésuite irlandais déguisé en homme, d'ailleurs grand observateur, et ayant de bons microscopes, fit des anguilles avec de la farine de blé ergoté. On ne douta pas alors qu'on ne fît des hommes avec de la farine de bon froment. Aussitôt on créa des particules organiques qui composèrent des hommes. Pourquoi non ? Le grand géomètre Fatio avait bien ressuscité des morts à Londres : on pouvait tout aussi aisément faire à Paris des vivants avec des particules organiques ; mais, malheureusement les nouvelles anguilles de Needham ayant disparu, les nouveaux hommes disparurent aussi, et s'enfuirent chez les nomades, qu'ils rencontrèrent dans le plein au milieu de la matière subtile, globuleuse, et cannelée.

Ce n'est pas que ces créateurs de systèmes n'aient rendu de grands services à la physique ; à Dieu ne plaise que je méprise leurs travaux ! On les a comparés à des alchimistes qui, en faisant de l'or (qu'on ne fait point), ont trouvé de bons remèdes, ou du moins des choses très curieuses. On peut être un homme d'un rare mérite, et se tromper sur la formation des animaux et sur la structure du globe.

Les poissons changés en hommes, et les eaux changées en montagnes, ne m'avaient pas fait autant de mal que M. Boudot. Je me bornais tranquillement à douter, lorsqu'un Lapon me prit sous sa protection. C'était un profond philosophe, mais qui ne pardonnait jamais aux gens qui n'étaient pas de son avis. Il me fit d'abord connaître clairement l'avenir en exaltant mon âme. Je fis de si prodigieux efforts d'exaltation que j'en tombai malade ; mais il me guérit en m'enduisant de poix-résine de la tête aux pieds. À peine fus-je en état de marcher qu'il me proposa un voyage aux terres australes pour y disséquer des têtes de géants, ce qui nous ferait connaître clairement la nature de l'âme. Je ne pouvais supporter la mer ; il eut la bonté de me mener par terre. Il fit creuser un grand trou dans le globe terraqué : ce trou allait droit chez les Patagons. Nous partîmes ; je me cassai une jambe à l'entrée du trou ; on eut beaucoup de peine à me redresser la jambe : il s'y forma un calus qui m'a beaucoup soulagé.

J'ai déjà parlé de tout cela dans une de mes diatribes pour instruire l'univers très attentif à ces grandes choses. Je suis bien vieux ; j'aime quelquefois à répéter mes contes, afin de les inculquer mieux dans la tête des petits garçons pour lesquels je travaille depuis si longtemps.

MARIAGE DE L'HOMME AUX QUARANTE ÉCUS

L'homme aux quarante écus s'étant beaucoup formé, et ayant fait une petite fortune, épousa une jolie fille qui possédait cent écus de rente. Sa femme devint bientôt grosse. Il alla trouver son géomètre, et lui demanda si elle lui donnerait un garçon ou une fille. Le géomètre lui répondit que les sages-femmes, les femmes de chambre, le savaient pour l'ordinaire ; mais que les physiciens, qui prédisent les éclipses, n'étaient pas si éclairés qu'elles.

Il voulut savoir ensuite si son fils ou sa fille avait déjà une âme. Le géomètre dit que ce n'était pas son affaire, et qu'il en fallait parler au théologien du coin.

L'homme aux quarante écus, qui était déjà l'homme aux deux cents écus pour le moins, demanda en quel endroit était son enfant. « Dans une petite poche, lui dit son ami, entre la vessie et l'intestin rectum. — Ô Dieu paternel ! s'écria-t-il, l'âme immortelle de mon fils née et logée entre de l'urine et quelque chose de pis ! — Oui, mon cher voisin, l'âme d'un cardinal n'a point eu d'autre berceau ; et avec cela on fait le fier, on se donne des airs.

— Ah ! monsieur le savant, ne pourriez-vous point me dire comment les enfants se font ?

— Non, mon ami ; mais, si vous le voulez, je vous dirai ce que les philosophes ont imaginé, c'est-à-dire comment les enfants ne se font point.

« Premièrement, le révérend père Sanchez, dans son excellent livre *de Matrimonio,* est entièrement de l'avis d'Hippocrate ; il croit comme un article de foi que les deux véhicules fluides de l'homme et de la femme s'élancent et s'unissent ensemble, et que dans le moment l'enfant est conçu par cette union ; et il est si persuadé de ce système physique, devenu théologique, qu'il examine, chapitre XXI du livre second, *utrum virgo Maria semen emiserit in copulatione cum Spiritu Sancto*.

— Eh ! monsieur, je vous ai déjà dit que je n'entends pas le latin ; expliquez-moi en français l'oracle du père Sanchez. »

Le géomètre lui traduisit le texte, et tous deux frémirent d'horreur.

Le nouveau marié, en trouvant Sanchez prodigieusement ridicule, fut pourtant assez content d'Hippocrate ; et il se flattait que sa femme avait rempli toutes les conditions imposées par ce médecin pour faire un enfant.

« Malheureusement, lui dit le voisin, il y a beaucoup de femmes qui ne répandent aucune liqueur, qui ne reçoivent qu'avec aversion les embrassements de leurs maris, et qui cependant en ont des enfants. Cela seul décide contre Hippocrate et Sanchez.

« De plus, il y a très grande apparence que la nature agit toujours dans les mêmes cas par les mêmes principes : or il y a beaucoup d'espèces d'animaux qui engendrent sans copulation, comme les poissons écaillés, les huîtres, les pucerons. Il a donc fallu que les physiciens cherchassent une mécanique de génération qui convînt à tous les animaux. Le célèbre Harvey, qui le premier démontra la circulation, et qui était digne de découvrir le secret de la nature, crut l'avoir trouvé dans les poules : elles pondent des œufs ; il jugea que les femmes pondaient aussi. Les mauvais plaisants dirent que c'est pour cela que les bourgeois, et même quelques gens de cour, appellent leur femme ou leur maîtresse *ma poule,* et qu'on dit que toutes les femmes sont coquettes, parce qu'elles voudraient que les coqs les trouvassent belles. Malgré ces railleries, Harvey ne changea point d'avis, et il fut établi dans toute l'Europe que nous venons d'un œuf.

L'HOMME AUX QUARANTE ÉCUS

Mais, monsieur, vous m'avez dit que la nature est toujours semblable à elle-même, qu'elle agit toujours par le même principe dans le même cas : les femmes, les juments, les ânesses, les anguilles, ne pondent point ; vous vous moquez de moi.

LE GÉOMÈTRE

Elles ne pondent point en dehors, mais elles pondent en dedans ; elles ont des ovaires comme tous les oiseaux ; les juments, les anguilles, en ont aussi. Un œuf se détache de l'ovaire ; il est couvé dans la matrice. Voyez tous les poissons écaillés, les grenouilles : ils jettent des œufs, que le mâle féconde. Les baleines et les autres animaux marins de cette espèce font éclore leurs œufs dans leur matrice. Les mites, les teignes, les plus vils insectes, sont visiblement formés d'un œuf : tout vient d'un œuf ; et notre globe est un grand œuf qui contient tous les autres.

L'HOMME AUX QUARANTE ÉCUS

Mais vraiment ce système porte tous les caractères de la vérité ; il est simple, il est uniforme, il est démontré aux yeux dans plus de la moitié des animaux ; j'en suis fort content, je n'en veux point d'autre : les œufs de ma femme me sont fort chers.

LE GÉOMÈTRE

On s'est lassé à la longue de ce système : on a fait les enfants d'une autre façon.

L'HOMME AUX QUARANTE ÉCUS

Et pourquoi, puisque celle-là est si naturelle ?

LE GÉOMÈTRE

C'est qu'on a prétendu que nos femmes n'ont point d'ovaire, mais seulement de petites glandes.

L'HOMME AUX QUARANTE ÉCUS

Je soupçonne que des gens qui avaient un autre système à débiter ont voulu discréditer les œufs.

LE GÉOMÈTRE

Cela pourrait bien être. Deux Hollandais s'avisèrent d'examiner la liqueur séminale au microscope, celle de l'homme, celle de plusieurs animaux, et ils crurent y apercevoir des animaux déjà tout formés qui couraient avec une vitesse inconcevable. Ils en virent même dans le fluide séminal du coq. Alors on jugea que les mâles faisaient tout, et les femelles rien ; elles ne servirent plus qu'à porter le trésor que le mâle leur avait confié.

L'HOMME AUX QUARANTE ÉCUS

Voilà qui est bien étrange. J'ai quelques doutes sur tous ces petits animaux qui frétillent si prodigieusement dans une liqueur, pour être ensuite immobiles dans les œufs des oiseaux, et pour être non moins immobiles neuf mois, à quelques culbutes près, dans le ventre de la femme ; cela ne me paraît pas conséquent. Ce n'est pas, autant que j'en puis juger, la marche de la nature. Comment sont faits, s'il vous plaît, ces petits hommes qui sont si bons nageurs dans la liqueur dont vous me parlez ?

LE GÉOMÈTRE

Comme des vermisseaux. Il y avait surtout un médecin, nommé Andry, qui voyait des vers partout, et qui voulait absolument détruire le système d'Harvey. Il aurait, s'il l'avait pu, anéanti la circulation du sang, parce qu'un autre l'avait découverte. Enfin deux Hollandais et monsieur Andry, à force de tomber dans le péché d'Onan et de voir les choses au microscope, réduisirent l'homme à être chenille. Nous sommes d'abord un ver comme elle ; de là, dans notre enveloppe, nous devenons comme elle, pendant neuf mois, une vraie chrysalide, que les paysans appellent *fève*. Ensuite, si la chenille devient papillon, nous devenons hommes : voilà nos métamorphoses.

L'HOMME AUX QUARANTE ÉCUS

Eh bien ! s'en est-on tenu là ? N'y a-t-il point eu depuis de nouvelle mode ?

LE GÉOMÈTRE

On s'est dégoûté d'être chenille. Un philosophe extrêmement plaisant a découvert dans une *Vénus physique* que l'attraction faisait les enfants ; et voici comment la chose s'opère. Le germe étant tombé dans la matrice, l'œil droit attire l'œil gauche, qui arrive pour s'unir à lui en qualité d'œil ; mais il en est empêché par le nez, qu'il rencontre en chemin, et qui l'oblige de se placer à gauche. Il en est de même des bras, des cuisses et des jambes, qui tiennent aux cuisses. Il est difficile d'expliquer, dans cette hypothèse, la situation des mamelles et des fesses. Ce grand philosophe n'admet aucun dessein de l'Être créateur dans la formation des animaux ; il est bien loin de croire que le cœur soit fait pour recevoir le sang et pour le chasser, l'estomac pour digérer, les yeux pour voir, les oreilles pour entendre : cela lui paraît trop vulgaire ; tout se fait par attraction.

L'HOMME AUX QUARANTE ÉCUS

Voilà un maître fou. Je me flatte que personne n'a pu adopter une idée aussi extravagante.

LE GÉOMÈTRE

On en rit beaucoup ; mais ce qu'il y eut de triste, c'est que cet insensé ressemblait aux théologiens, qui persécutent autant qu'ils le peuvent ceux qu'ils font rire.

D'autres philosophes ont imaginé d'autres manières qui n'ont pas fait une plus grande fortune : ce n'est plus le bras qui va chercher le bras ; ce n'est plus la cuisse qui court après la cuisse ; ce sont de petites molécules, de petites particules de bras et de cuisse qui se placent les unes sur les autres. On sera peut-être enfin obligé d'en revenir aux œufs, après avoir perdu bien du temps.

L'HOMME AUX QUARANTE ÉCUS

J'en suis ravi ; mais quel a été le résultat de toutes ces disputes ?

LE GÉOMÈTRE

Le doute. Si la question avait été débattue entre des théologaux, il y aurait eu des excommunications et du sang répandu ; mais entre des physiciens la paix est bientôt faite : chacun a couché avec sa femme, sans penser le moins du monde à son ovaire, ni à ses trompes de Fallope. Les femmes sont devenues grosses ou enceintes, sans demander seulement comment ce mystère s'opère. C'est ainsi que vous semez du blé, et que vous ignorez comment le blé germe en terre.

L'HOMME AUX QUARANTE ÉCUS

Oh ! je le sais bien ; on me l'a dit il y a longtemps : c'est par pourriture. Cependant il me prend quelquefois des envies de rire de tout ce qu'on m'a dit.

LE GÉOMÈTRE

C'est une fort bonne envie. Je vous conseille de douter de tout, excepté que les trois angles d'un triangle sont égaux à deux droits, et que les triangles qui ont même base et même hauteur sont égaux entre eux, ou autres propositions pareilles, comme, par exemple, que deux et deux font quatre.

L'HOMME AUX QUARANTE ÉCUS

Oui, je crois qu'il est fort sage de douter ; mais je sens que je suis curieux depuis que j'ai fait fortune et que j'ai du loisir. Je voudrais, quand ma volonté remue mon bras ou ma jambe, découvrir le ressort par lequel ma volonté les remue : car sûrement il y en a un. Je suis quelquefois tout étonné de pouvoir lever et abaisser mes yeux, et de ne pouvoir dresser mes oreilles. Je pense, et je voudrais connaître un peu... là... toucher au doigt ma pensée. Cela doit être fort curieux. Je cherche si je pense par moi-même, si Dieu me donne mes idées, si mon âme est venue dans mon corps à six semaines ou à un jour, comment elle s'est logée dans mon cerveau ; si je pense beaucoup quand je dors profondément, et quand je suis en léthargie. Je me creuse la cervelle pour savoir comment un corps en pousse un autre. Mes sensations ne m'étonnent pas moins : j'y trouve du divin, et surtout dans le plaisir.

J'ai fait quelquefois mes efforts pour imaginer un nouveau sens, et je n'ai jamais pu y parvenir. Les géomètres savent toutes ces choses ; ayez la bonté de m'instruire.

LE GÉOMÈTRE

Hélas! nous sommes aussi ignorants que vous; adressez-vous à la Sorbonne.

L'HOMME AUX QUARANTE ÉCUS, DEVENU PÈRE, RAISONNE SUR LES MOINES

Quand l'homme aux quarante écus se vit père d'un garçon, il commença à se croire un homme de quelque poids dans l'État; il espéra donner au moins dix sujets au roi, qui seraient tous utiles. C'était l'homme du monde qui faisait le mieux des paniers; et sa femme était une excellente couturière. Elle était née dans le voisinage d'une grosse abbaye de cent mille livres de rente. Son mari me demanda un jour pourquoi ces messieurs, qui étaient en petit nombre, avaient englouti tant de parts de quarante écus. « Sont-ils plus utiles que moi à la patrie? — Non, mon cher voisin. — Servent-ils comme moi à la population du pays? — Non, au moins en apparence. — Cultivent-ils la terre? défendent-ils l'État quand il est attaqué? — Non, ils prient Dieu pour vous. — Eh bien! je prierai Dieu pour eux, et partageons.

« Combien croyez-vous que les couvents renferment de ces gens utiles, soit en hommes, soit en filles, dans le royaume?

— Par les mémoires des intendants, faits sur la fin du dernier siècle, il y en avait environ quatre-vingt-dix mille.

— Par notre ancien compte, ils ne devraient, à quarante écus par tête, posséder que dix millions huit cent mille livres: combien en ont-ils?

— Cela va à cinquante millions, en comptant les messes et les quêtes des moines mendiants, qui mettent réellement un impôt considérable sur le peuple. Un frère quêteur d'un couvent de Paris s'est vanté publiquement que sa besace valait quatre-vingt mille livres de rente.

— Voyons combien cinquante millions répartis entre quatre-vingt-dix mille têtes tondues donnent à chacune.

— Cinq cent cinquante-cinq livres.

— C'est une somme considérable dans une société nombreuse, où les dépenses diminuent par la quantité même des consommateurs : car il en coûte bien moins à dix personnes pour vivre ensemble que si chacun avait séparément son logis et sa table.

« Les ex-jésuites, à qui on donne aujourd'hui quatre cents livres de pension, ont donc réellement perdu à ce marché ?

— Je ne le crois pas : car ils sont presque tous retirés chez des parents qui les aident ; plusieurs disent la messe pour de l'argent, ce qu'ils ne faisaient pas auparavant ; d'autres se sont faits précepteurs ; d'autres ont été soutenus par des dévotes ; chacun s'est tiré d'affaire, et peut-être y en a-t-il peu aujourd'hui qui, ayant goûté du monde et de la liberté, voulussent reprendre leurs anciennes chaînes. La vie monacale, quoi qu'on en dise, n'est point du tout à envier. C'est une maxime assez connue que les moines sont des gens qui s'assemblent sans se connaître, vivent sans s'aimer, et meurent sans se regretter.

— Vous pensez donc qu'on leur rendrait un très grand service de les défroquer tous ?

— Ils y gagneraient beaucoup sans doute, et l'État encore davantage ; on rendrait à la patrie des citoyens et des citoyennes qui ont sacrifié témérairement leur liberté dans un âge où les lois ne permettent pas qu'on dispose d'un fonds de dix sous de rente ; on tirerait ces cadavres de leurs tombeaux : ce serait une vraie résurrection. Leurs maisons deviendraient des hôtels de ville, des hôpitaux, des écoles publiques, ou seraient affectées à des manufactures ; la population deviendrait plus grande, tous les arts seraient mieux cultivés. On pourrait du moins diminuer le nombre de ces victimes volontaires en fixant le nombre des novices : la patrie aurait plus d'hommes utiles et moins de malheureux. C'est le sentiment de tous les magistrats, c'est le vœu unanime du public, depuis que les esprits sont éclairés. L'exemple de l'Angleterre et de tant d'autres États est une preuve évidente de la nécessité de cette réforme. Que ferait aujourd'hui l'Angleterre, si au lieu de quarante mille hommes de mer, elle avait quarante mille moines ? Plus les arts se sont multipliés, plus le nombre des sujets laborieux est devenu nécessaire. Il y a certainement dans les cloîtres beaucoup de talents ensevelis qui sont perdus pour l'État. Il faut, pour faire fleurir un royaume, le moins de prêtres possible, et le plus d'artisans possible. L'ignorance et la barbarie de nos pères, loin d'être une règle pour nous, n'est qu'un avertissement de faire ce qu'ils feraient s'ils étaient en notre place avec nos lumières.

— Ce n'est donc point par haine contre les moines que vous voulez les abolir ? C'est par pitié pour eux ; c'est par amour pour la patrie. Je pense comme vous. Je ne voudrais point que mon fils fût moine ; et si je croyais que je dusse avoir des enfants pour le cloître, je ne coucherais plus avec ma femme.

— Quel est en effet le bon père de famille qui ne gémisse de voir son fils et sa fille perdus pour la société ? Cela s'appelle *se sauver ;* mais un soldat qui se sauve quand il faut combattre est puni. Nous sommes tous des soldats de l'État ; nous sommes à la solde de la société, nous devenons des déserteurs quand nous la quittons. Que dis-je ? les moines sont des parricides qui étouffent une postérité tout entière. Quatre-vingt-dix mille cloîtrés, qui braillent ou qui nasillent du latin, pourraient donner à l'État chacun deux sujets : cela fait cent soixante mille hommes qu'ils font périr dans leur germe. Au bout de cent ans la perte est immense : cela est démontré.

« Pourquoi donc le monachisme a-t-il prévalu ? parce que le gouvernement fut presque partout détestable et absurde depuis Constantin ; parce que l'empire romain eut plus de moines que de soldats ; parce qu'il y en avait cent mille dans la seule Égypte ; parce qu'ils étaient exempts de travail et de taxe ; parce que les chefs des nations barbares qui détruisirent l'empire, s'étant faits chrétiens pour gouverner des chrétiens, exercèrent la plus horrible tyrannie ; parce qu'on se jetait en foule dans les cloîtres pour échapper aux fureurs de ces tyrans, et qu'on se plongeait dans un esclavage pour en éviter un autre ; parce que les papes, en instituant tant d'ordres différents de fainéants sacrés, se firent autant de sujets dans les autres États ; parce qu'un paysan aime mieux être appelé *mon révérend père,* et donner des bénédictions, que de conduire la charrue ; parce qu'il ne sait pas que la charrue est plus noble que le froc ; parce qu'il aime mieux vivre aux dépens des sots que par un travail honnête ; enfin parce qu'il ne sait pas qu'en se faisant moine il se prépare des jours malheureux, tissus d'ennui et de repentir.

— Allons, monsieur, plus de moines, pour leur bonheur et pour le nôtre. Mais je suis fâché d'entendre dire au seigneur de mon village, père de quatre garçons et de trois filles, qu'il ne saura où les placer s'il ne fait pas ses filles religieuses.

— Cette allégation trop souvent répétée est inhumaine, antipatriotique, destructive de la société.

« Toutes les fois qu'on peut dire d'un état de vie, quel qu'il puisse être : si tout le monde embrassait cet état le genre humain serait perdu, il est démontré que cet état ne vaut rien, et que celui qui le prend nuit au genre humain autant qu'il est en lui.

« Or, il est clair que si tous les garçons et toutes les filles s'encloîtraient le monde périrait : donc la moinerie est par cela seul l'ennemie de la nature humaine, indépendamment des maux affreux qu'elle a causés quelquefois.

— Ne pourrait-on pas en dire autant des soldats ?

— Non assurément : car si chaque citoyen porte les armes à son tour, comme autrefois dans toutes les républiques, et surtout dans celle de Rome, le soldat n'en est que meilleur cultivateur ; le soldat citoyen se marie, il combat pour sa femme et pour ses enfants. Plût à Dieu que tous les laboureurs fussent soldats et mariés ! ils seraient d'excellents citoyens. Mais un moine, en tant que moine, n'est bon qu'à dévorer la substance de ses compatriotes. Il n'y a point de vérité plus reconnue.

— Mais les filles, monsieur, les filles des pauvres gentilshommes, qu'on ne peut marier, que feront-elles ?

— Elles feront, on l'a dit mille fois, comme les filles d'Angleterre, d'Écosse, d'Irlande, de Suisse, de Hollande, de la moitié de l'Allemagne, de Suède, de Norvège, du Danemark, de Tartarie, de Turquie, d'Afrique, et de presque tout le reste de la terre ; elles seront bien meilleures épouses, bien meilleures mères, quand on se sera accoutumé, ainsi qu'en Allemagne, à prendre des femmes sans dot. Une femme ménagère et laborieuse fera plus de bien dans une maison que la fille d'un financier, qui dépense plus en superfluités qu'elle n'a porté de revenu chez son mari.

« Il faut qu'il y ait des maisons de retraite pour la vieillesse, pour l'infirmité, pour la difformité. Mais, par le plus détestable des abus, les fondations ne sont que pour la jeunesse et pour les personnes bien conformées. On commence, dans le cloître, par faire étaler aux novices des deux sexes leur nudité, malgré toutes les lois de la pudeur ; on les examine attentivement devant et derrière. Qu'une vieille bossue aille se présenter pour entrer dans un cloître, on la chassera avec mépris, à moins qu'elle ne donne une dot immense. Que dis-je ? toute religieuse doit être dotée, sans quoi elle est le rebut du couvent. Il n'y eut jamais d'abus plus intolérable.

— Allez, allez, monsieur, je vous jure que mes filles ne seront jamais religieuses. Elles apprendront à filer, à coudre, à faire de la dentelle, à broder, à se rendre utiles. Je regarde les vœux comme un attentat contre la patrie et contre soi-même. Expliquez-moi, je vous prie, comment il se peut faire qu'un de mes amis, pour contredire le genre humain, prétende que les moines sont très utiles à la population d'un État, parce que leurs bâtiments sont mieux entretenus que ceux des seigneurs, et leurs terres mieux cultivées ?

— Eh ! quel est donc votre ami qui avance une proposition si étrange ?

— C'est l'*Ami des hommes,* ou plutôt celui des moines.

— Il a voulu rire ; il sait trop bien que dix familles qui ont chacune cinq mille livres de rente en terre sont cent fois, mille fois plus utiles qu'un couvent qui jouit d'un revenu de cinquante mille livres, et qui a toujours un trésor secret. Il vante les belles maisons bâties par les moines, et c'est précisément ce qui irrite les citoyens : c'est le sujet des plaintes de l'Europe. Le vœu de pauvreté condamne les palais, comme le vœu d'humilité contredit l'orgueil, et comme le vœu d'anéantir sa race contredit la nature.

— Je commence à croire qu'il faut beaucoup se défier des livres.

— Il faut en user avec eux comme avec les hommes : choisir les plus raisonnables, les examiner, et ne se rendre jamais qu'à l'évidence. »

Il y a un mois que l'homme aux quarante écus vint me trouver en se tenant les côtés de rire, et il riait de si grand cœur que je me suis mis à rire aussi sans savoir de quoi il était question : tant l'homme est né imitateur ! tant l'instinct nous maîtrise ! tant les grands mouvements de l'âme sont contagieux !

> Ut ridentibus arrident, ita flentibus adflent[e]
> Humani vultus.

Quand il eut bien ri, il me dit qu'il venait de rencontrer un homme qui se disait protonotaire du St. Siège, et que cet homme envoyait une grosse somme d'argent à trois cents lieues d'ici, à un Italien, au nom d'un Français à qui le roi avait donné un petit fief, et que ce Français ne pourrait jamais jouir des bienfaits du roi s'il ne donnait à cet Italien la première année de son revenu.

« La chose est très vraie, lui dis-je ; mais elle n'est pas si plaisante. Il en coûte à la France environ quatre cent mille livres par an en menus droits de cette espèce ; et, depuis environ deux siècles et demi que cet usage dure, nous avons déjà porté en Italie quatre-vingts millions.

— Dieu paternel ! s'écria-t-il, que de fois quarante écus ! Cet Italien-là nous subjugua donc, il y a deux siècles et demi ? Il nous imposa ce tribut ?

— Vraiment, répondis-je, il nous en imposait autrefois d'une façon bien plus onéreuse. Ce n'était là qu'une bagatelle en comparaison de ce qu'il leva longtemps sur notre pauvre nation et sur les autres pauvres nations de l'Europe. » Alors je lui racontai comment

e. Le jésuite Sanadon a mis *adsunt* pour *adflent*. Un amateur d'Horace prétend que c'est pour cela qu'on a chassé les jésuites.

ces saintes usurpations s'étaient établies. Il sait un peu d'histoire ; il a du bon sens : il comprit aisément que nous avions été des esclaves auxquels il restait encore un petit bout de chaîne. Il parla longtemps avec énergie contre cet abus ; mais avec quel respect pour la religion en général ! Comme il révérait les évêques ! comme il leur souhaitait beaucoup de quarante écus, afin qu'ils les dépensassent dans leurs diocèses en bonnes œuvres !

Il voulait aussi que tous les curés de campagne eussent un nombre de quarante écus suffisant pour les faire vivre avec décence. « Il est triste, disait-il, qu'un curé soit obligé de disputer trois gerbes de blé à son ouaille, et qu'il ne soit pas largement payé par la province. Il est honteux que ces messieurs soient toujours en procès avec leurs seigneurs. Ces contestations éternelles pour des droits imaginaires, pour des dîmes, détruisent la considération qu'on leur doit. Le malheureux cultivateur, qui a déjà payé aux préposés son dixième, et les deux sous pour livre, et la taille, et la capitation, et le rachat du logement des gens de guerre, après qu'il a logé des gens de guerre, etc., etc., etc. ; cet infortuné, dis-je, qui se voit encore enlever le dixième de sa récolte par son curé, ne le regarde plus comme son pasteur, mais comme son écorcheur, qui lui arrache le peu de peau qui lui reste. Il sent bien qu'en lui enlevant la dixième gerbe de droit divin, on a la cruauté diabolique de ne pas lui tenir compte de ce qu'il lui en a coûté pour faire croître cette gerbe. Que lui reste-t-il, pour lui et pour sa famille ? Les pleurs, la disette, le découragement, le désespoir ; et il meurt de fatigue et de misère. Si le curé était payé par la province, il serait la consolation de ses paroissiens, au lieu d'être regardé par eux comme leur ennemi. »

Ce digne homme s'attendrissait en prononçant ces paroles ; il aimait sa patrie, et était idolâtre du bien public. Il s'écriait quelquefois : « Quelle nation que la française, si on voulait ! »

Nous allâmes voir son fils, à qui sa mère, bien propre et bien lavée, donnait un gros téton blanc. L'enfant était fort joli. « Hélas ! dit le père, te voilà donc, et tu n'as que vingt-trois ans de vie, et quarante écus à prétendre ! »

DES PROPORTIONS

Le produit des extrêmes est égal au produit des moyens ; mais deux sacs de blé volés ne sont pas à ceux qui les ont pris comme la perte de leur vie l'est à l'intérêt de la personne volée.

Le prieur de***, à qui deux de ses domestiques de campagne avaient dérobé deux setiers de blé, vient de faire pendre les deux délinquants. Cette exécution lui a plus coûté que toute sa récolte ne lui a valu, et, depuis ce temps, il ne trouve plus de valets.

Si les lois avaient ordonné que ceux qui voleraient le blé de leur maître laboureraient son champ toute leur vie, les fers aux pieds et une sonnette au cou, attachée à un carcan, ce prieur aurait beaucoup gagné.

Il faut effrayer le crime : oui, sans doute ; mais le travail forcé et la honte durable l'intimident plus que la potence.

Il y a quelques mois qu'à Londres un malfaiteur fut condamné à être transporté en Amérique pour y travailler aux sucreries avec les nègres. Tous les criminels en Angleterre, comme en bien d'autres pays, sont reçus à présenter requête au roi, soit pour obtenir grâce entière, soit pour diminution de peine. Celui-ci présenta requête pour être pendu : il alléguait qu'il haïssait mortellement le travail, et qu'il aimait mieux être étranglé une minute que de faire du sucre toute sa vie.

D'autres peuvent penser autrement, chacun a son

goût ; mais on a déjà dit, et il faut répéter, qu'un pendu n'est bon à rien, et que les supplices doivent être utiles.

Il y a quelques années que l'on condamna dans la Tartarie deux jeunes gens à être empalés, pour avoir regardé, leur bonnet sur la tête, passer une procession de lamas. L'empereur de la Chine, qui est un homme de beaucoup d'esprit, dit qu'il les aurait condamnés à marcher nu-tête à la procession pendant trois mois.

Proportionnez les peines aux délits, a dit le marquis Beccaria ; ceux qui ont fait les lois n'étaient pas géomètres.

Si l'abbé Guyon, ou Cogé, ou l'ex-jésuite Nonotte, ou l'ex-jésuite Patouillet, ou le prédicant La Beaumelle, font de misérables libelles où il n'y a ni vérité, ni raison, ni esprit, irez-vous les faire pendre, comme le prieur de*** a fait pendre ses deux domestiques ; et cela, sous prétexte que les calomniateurs sont plus coupables que les voleurs ?

Condamnerez-vous Fréron même aux galères, pour avoir insulté le bon goût, et pour avoir menti toute sa vie dans l'espérance de payer son cabaretier ?

Ferez-vous mettre au pilori le sieur Larcher, parce qu'il a été très pesant, parce qu'il a entassé erreur sur erreur, parce qu'il n'a jamais su distinguer aucun degré de probabilité, parce qu'il veut que, dans une antique et immense cité renommée par sa police et par la jalousie des maris, dans Babylone enfin, où les femmes étaient gardées par des eunuques, toutes les princesses allassent par dévotion donner publiquement leurs faveurs dans la cathédrale aux étrangers pour de l'argent ? Contentons-nous de l'envoyer sur les lieux courir les bonnes fortunes ; soyons modérés en tout ; mettons de la proportion entre les délits et les peines.

Pardonnons à ce pauvre Jean-Jacques, lorsqu'il n'écrit que pour se contredire, lorsqu'après avoir donné une comédie sifflée sur le théâtre de Paris, il injurie ceux qui en font jouer à cent lieues de là ; lorsqu'il cherche des protecteurs, et qu'il les outrage ; lorsqu'il déclame contre les romans, et qu'il fait des romans dont le héros est un sot précepteur qui reçoit l'aumône d'une Suissesse à laquelle il a fait un enfant, et qui va dépenser son argent dans un bordel de Paris ; laissons-le croire qu'il a surpassé Fénelon et Xénophon, en élevant un jeune homme de qualité dans le métier de menuisier : ces extravagantes platitudes ne méritent pas un décret de prise de corps ; les petites maisons suffisent avec de bons bouillons, de la saignée, et du régime.

Je hais les lois de Dracon, qui punissent également les crimes et les fautes, la méchanceté et la folie. Ne traitons point le jésuite Nonotte, qui n'est coupable que d'avoir écrit des bêtises et des injures, comme on a traité les jésuites Malagrida, Oldcorn, Garnet, Guignard, Gueret, et comme on devait traiter le jésuite Le Tellier, qui trompa son roi, et qui troubla la France. Distinguons principalement dans tout procès, dans toute contention, dans toute querelle, l'agresseur de l'outragé, l'oppresseur de l'opprimé. La guerre offensive est d'un tyran ; celui qui se défend est un homme juste.

Comme j'étais plongé dans ces réflexions, l'homme aux quarante écus me vint voir tout en larmes. Je lui demandai avec émotion si son fils, qui devait vivre vingt-trois ans, était mort. « Non, dit-il, le petit se porte bien, et ma femme aussi ; mais j'ai été appelé en témoignage contre un meunier à qui on a fait subir la question ordinaire et extraordinaire, et qui s'est trouvé innocent ; je l'ai vu s'évanouir dans les tortures redoublées ; j'ai entendu craquer ses os ; j'entends encore ses cris et ses hurlements, ils me poursuivent ; je pleure de pitié, et je tremble d'horreur. » Je me mis à pleurer et à frémir aussi, car je suis extrêmement sensible.

Ma mémoire alors me représenta l'aventure épouvantable des Calas : une mère vertueuse dans les fers, ses filles éplorées et fugitives, sa maison au pillage ; un père de famille respectable brisé par la torture, agonisant sur la roue, et expirant dans les flammes ; un fils chargé de chaînes, traîné devant les juges, dont un lui dit : « Nous venons de rouer votre père, nous allons vous rouer aussi. »

Je me souvins de la famille des Sirven, qu'un de mes amis rencontra dans des montagnes couvertes de glaces, lorsqu'elle fuyait la persécution d'un juge aussi inique qu'ignorant. « Ce juge, me dit-il, a condamné toute cette famille innocente au supplice, en supposant, sans la moindre apparence de preuve, que le père et la mère, aidés de deux de leurs filles, avaient égorgé et noyé la troisième, de peur qu'elle n'allât à la messe. » Je voyais à la fois, dans des jugements de cette espèce, l'excès de la bêtise, de l'injustice et de la barbarie.

Nous plaignions la nature humaine, l'homme aux quarante écus et moi. J'avais dans ma poche le discours d'un avocat général de Dauphiné, qui roulait en partie sur ces matières intéressantes ; je lui en lus les endroits suivants :

« Certes, ce furent des hommes véritablement grands qui osèrent les premiers se charger de gouverner leurs semblables, et s'imposer le fardeau de la félicité publique ; qui, pour le bien qu'ils voulaient faire aux hommes, s'exposèrent à leur ingratitude, et, pour le repos d'un peuple, renoncèrent au leur ; qui se mirent, pour ainsi dire, entre les hommes et la Providence, pour leur composer, par artifice, un bonheur qu'elle semblait leur avoir refusé.

. . . .

« Quel magistrat, un peu sensible à ses devoirs, à la seule humanité, pourrait soutenir ces idées ? Dans la solitude d'un cabinet pourra-t-il, sans frémir d'horreur et de pitié, jeter les yeux sur ces papiers, monuments infortunés du crime ou de l'innocence ? Ne lui semble-t-il pas entendre des voix gémissantes sortir de ces fatales écritures, et le presser de décider du sort d'un citoyen, d'un époux, d'un père, d'une famille ? Quel juge impitoyable (s'il est chargé d'un seul procès criminel) pourra passer de sang-froid devant une prison ? C'est donc moi, dira-t-il, qui retiens dans ce détestable séjour mon semblable, peut-être mon égal, mon concitoyen, un homme enfin ! c'est moi qui le lie tous les jours, qui ferme sur lui ces odieuses portes ! Peut-être, le désespoir s'est emparé de son âme ; il pousse vers le ciel mon nom avec des malédictions, et sans doute il atteste contre moi le grand Juge qui nous observe et doit nous juger tous les deux.

. . . .

« Ici un spectacle effrayant se présente tout à coup à mes yeux ; le juge se lasse d'interroger par la parole ; il veut interroger par les supplices : impatient dans ses recherches, et peut-être irrité de leur inutilité, on apporte des torches, des chaînes, des leviers, et tous ces instruments inventés pour la douleur. Un bourreau vient se mêler aux fonctions de la magistrature, et terminer par la violence un interrogatoire commencé par la liberté.

« Douce philosophie ! toi qui ne cherches la vérité qu'avec l'attention et la patience, t'attendais-tu que, dans ton siècle, on employât de tels instruments pour la découvrir ?

« Est-il bien vrai que nos lois approuvent cette méthode inconcevable, et que l'usage la consacre ?

. . . .

« Leurs lois imitent leurs préjugés ; les punitions publiques sont aussi cruelles que les vengeances particulières, et les actes de leur raison ne sont guère moins impitoyables que ceux de leurs passions. Quelle est donc la cause de cette bizarre opposition ? C'est que nos préjugés sont anciens, et que notre morale est nouvelle ; c'est que nous sommes aussi pénétrés de nos sentiments qu'inattentifs à nos idées ; c'est que l'avidité des plaisirs nous empêche de réfléchir sur nos besoins, et que nous sommes plus empressés de vivre que de nous diriger ; c'est, en un mot, que nos mœurs sont douces, et qu'elles ne sont pas bonnes ; c'est que nous sommes polis, et nous ne sommes seulement pas humains. »

Ces fragments, que l'éloquence avait dictés à l'humanité, remplirent le cœur de mon ami d'une douce consolation. Il admirait avec tendresse. « Quoi ! disait-il dans son transport, on fait des chefs-d'œuvre en province ! on m'avait dit qu'il n'y a que Paris dans le monde.

— Il n'y a que Paris, lui dis-je, où l'on fasse des opéras-comiques ; mais il y a aujourd'hui dans les provinces beaucoup de magistrats qui pensent avec la même vertu, et qui s'expriment avec la même force. Autrefois les oracles de la justice, ainsi que ceux de la morale, n'étaient que ridicules. Le docteur Balouard déclamait au barreau, et Arlequin dans la chaire. La philosophie est enfin venue, elle a dit : « Ne parlez en public que pour dire des vérités neuves et utiles, avec l'éloquence du sentiment et de la raison.

« — Mais si nous n'avons rien de neuf à dire ? se sont écriés les parleurs. — Taisez-vous alors, a répondu la philosophie ; tous ces vains discour d'appareil, qui ne contiennent que des phrases, sont comme le feu de la St. Jean, allumé le jour de l'année où l'on a le moins besoin de se chauffer : il ne cause aucun plaisir, et il n'en reste pas même la cendre.

« Que toute la France lise les bons livres. Mais, malgré les progrès de l'esprit humain, on lit très peu ; et, parmi ceux qui veulent quelquefois s'instruire, la plupart lisent très mal. Mes voisins et mes voisines jouent, après dîner, un jeu anglais, que j'ai beaucoup de peine à prononcer, car on l'appelle *wisk*. Plusieurs bons bourgeois, plusieurs grosses têtes, qui se croient de bonnes têtes, vous disent avec un air d'importance que les livres ne sont bons à rien. Mais, messieurs les Velches, savez-vous que vous n'êtes gouvernés que par les livres ? Savez-vous que l'ordonnance civile, le code militaire, et l'Évangile, sont des livres dont vous dépendez continuellement ? Lisez, éclairez-vous ; ce n'est que par la lecture qu'on fortifie son âme ; la conversation la dissipe, le jeu la resserre.

— J'ai bien peu d'argent, me répondit l'homme aux quarante écus ; mais, si jamais je fais une petite fortune, j'achèterai des livres chez Marc-Michel Rey. »

DE LA VÉROLE

L'homme aux quarante écus demeurait dans un petit canton où l'on n'avait jamais mis de soldats en garnison depuis cent cinquante années. Les mœurs, dans ce coin de terre inconnu, étaient pures comme l'air qui l'environne. On ne savait pas qu'ailleurs l'amour pût être infecté d'un poison destructeur, que les générations fussent attaquées dans leur germe, et que la nature, se contredisant elle-même, pût rendre la tendresse horrible et le plaisir affreux ; on se livrait à l'amour avec la sécurité de l'innocence. Des troupes vinrent, et tout changea.

Deux lieutenants, l'aumônier du régiment, un caporal, et un soldat de recrue qui sortait du séminaire, suffirent pour empoisonner douze villages en moins de trois mois. Deux cousines de l'homme aux quarante écus se virent couvertes de pustules calleuses ; leurs beaux cheveux tombèrent ; leur voix devint rauque ; les paupières de leurs yeux, fixes et éteints, se chargèrent d'une couleur livide, et ne se fermèrent plus pour laisser entrer le repos dans des membres disloqués, qu'une carie secrète commençait à ronger comme ceux de l'Arabe Job, quoique Job n'eût jamais eu cette maladie.

Le chirurgien-major du régiment, homme d'une grande expérience, fut obligé de demander des aides à la cour pour guérir toutes les filles du pays. Le ministre de la guerre, toujours porté d'inclination à soulager le beau sexe, envoya une recrue de fraters, qui gâtèrent d'une main ce qu'ils rétablirent de l'autre.

L'homme aux quarante écus lisait alors l'histoire philosophique de *Candide,* traduite de l'allemand du docteur Ralph, qui prouve évidemment que tout est bien, et qu'il était absolument *impossible,* dans le meilleur des mondes *possibles,* que la vérole, la peste, la pierre, la gravelle, les écrouelles, la chambre de Valence, et l'Inquisition, n'entrassent dans la composition de l'univers, de cet univers uniquement fait pour l'homme, roi des animaux et image de Dieu, auquel on voit bien qu'il ressemble comme deux gouttes d'eau.

Il lisait, dans l'histoire véritable de *Candide,* que le fameux docteur Pangloss avait perdu dans le traitement un œil et une oreille. « Hélas ! dit-il, mes deux cousines, mes deux pauvres cousines, seront-elles borgnes ou borgnesses et essorillées ? — Non, lui dit le major consolateur ; les Allemands ont la main lourde ; mais, nous autres, nous guérissons les filles promptement, sûrement, et agréablement.

En effet les deux jolies cousines en furent quittes pour avoir la tête enflée comme un ballon pendant six semaines, pour perdre la moitié de leurs dents, en tirant la langue d'un demi-pied, et pour mourir de la poitrine au bout de six mois.

Pendant l'opération, le cousin et le chirurgien-major raisonnèrent ainsi.

L'HOMME AUX QUARANTE ÉCUS

Est-il possible, monsieur, que la nature ait attaché de si épouvantables tourments à un plaisir si nécessaire, tant de honte à tant de gloire, et qu'il y ait plus de risque à faire un enfant qu'à tuer un homme ? Serait-il vrai au moins, pour notre consolation, que ce fléau diminue un peu sur la terre, et qu'il devienne moins dangereux de jour en jour ?

LE CHIRURGIEN-MAJOR

Au contraire, il se répand de plus en plus dans toute l'Europe chrétienne ; il s'est étendu jusqu'en Sibérie ; j'en ai vu mourir plus de cinquante personnes, et surtout un grand général d'armée et un ministre d'État fort sage. Peu de poitrines faibles résistent à la maladie et au remède. Les deux sœurs, la petite et la grosse, se sont liguées encore plus que les moines pour détruire le genre humain.

L'HOMME AUX QUARANTE ÉCUS

Nouvelle raison pour abolir les moines, afin que, remis au rang des hommes, ils réparent un peu le mal que font les deux sœurs. Dites-moi, je vous prie, si les bêtes ont la vérole.

LE CHIRURGIEN

Ni la petite, ni la grosse, ni les moines, ne sont connus chez elles.

L'HOMME AUX QUARANTE ÉCUS

Il faut donc avouer qu'elles sont plus heureuses et plus prudentes que nous dans ce meilleur des mondes.

LE CHIRURGIEN

Je n'en ai jamais douté ; elles éprouvent bien moins de maladies que nous : leur instinct est bien plus sûr que notre raison ; jamais ni le passé ni l'avenir ne les tourmentent.

L'HOMME AUX QUARANTE ÉCUS

Vous avez été chirurgien d'un ambassadeur de France en Turquie : y a-t-il beaucoup de vérole à Constantinople ?

LE CHIRURGIEN

Les Francs l'ont apportée dans le faubourg de Péra, où ils demeurent. J'y ai connu un capucin qui en était mangé comme Pangloss ; mais elle n'est point parvenue dans la ville : les Francs n'y couchent presque jamais. Il n'y a presque point de filles publiques dans cette ville immense. Chaque homme riche a des femmes esclaves de Circassie, toujours gardées, toujours surveillées, dont la beauté ne peut être dangereuse. Les Turcs appellent la vérole *le mal chrétien,* et cela redouble le profond mépris qu'ils ont pour notre théologie ; mais, en récompense, ils ont la peste, maladie d'Égypte, dont ils font peu de cas, et qu'ils ne se donnent jamais la peine de prévenir.

L'HOMME AUX QUARANTE ÉCUS

En quel temps croyez-vous que ce fléau commença dans l'Europe ?

LE CHIRURGIEN

Au retour du premier voyage de Christophe Colomb chez des peuples innocents qui ne connaissaient ni l'avarice ni la guerre, vers l'an 1494. Ces nations, simples et justes, étaient attaquées de ce mal de temps immémorial, comme la lèpre régnait chez les Arabes et chez les Juifs, et la peste chez les Égyptiens. Le premier fruit que les Espagnols recueillirent de cette conquête du nouveau monde fut la vérole ; elle se répandit plus promptement que l'argent du Mexique, qui ne circula que longtemps après en Europe. La raison en est que, dans toutes les villes, il y avait alors de belles maisons publiques appelées *bordels,* établies par l'autorité des souverains pour conserver l'honneur des dames. Les Espagnols portèrent le venin dans ces maisons privilégiées dont les princes et les évêques tiraient les filles qui leur étaient nécessaires. On a remarqué qu'à Constance il y avait eu sept cent dix-huit filles pour le service du concile qui fit brûler si dévotement Jean Hus et Jérôme de Prague.

On peut juger par ce seul trait avec quelle rapidité le mal parcourut tous les pays. Le premier seigneur qui en mourut fut l'illustrissime et révérendissime évêque et vice-roi de Hongrie, en 1499, que Bartholomeo Montanagua, grand médecin de Padoue, ne put guérir. Gualtieri assure que l'archevêque de Mayence Berthold de Henneberg, « attaqué de la grosse vérole, rendit son âme à Dieu en 1504 ». On sait que notre roi François Ier en mourut. Henri III la prit à Venise ; mais le jacobin Jacques Clément prévint l'effet de la maladie.

Le parlement de Paris, toujours zélé pour le bien public, fut le premier qui donna un arrêt contre la vérole, en 1497. Il défendit à tous les vérolés de rester dans Paris *sous peine de la hart ;* mais, comme il n'était pas facile de prouver juridiquement aux bourgeois et bourgeoises qu'ils étaient en délit, cet arrêt n'eut pas plus d'effet que ceux qui furent rendus depuis contre l'émétique ; et, malgré le parlement, le nombre des coupables augmenta toujours. Il est certain que, si on les avait exorcisés, au lieu de les faire pendre, il n'y en aurait plus aujourd'hui sur la terre; mais c'est à quoi malheureusement on ne pensa jamais.

L'HOMME AUX QUARANTE ÉCUS

Est-il bien vrai ce que j'ai lu dans *Candide*, que, parmi nous, quand deux armées de trente mille hommes chacune marchent ensemble en front de bandière, on peut parier qu'il y a vingt mille vérolés de chaque côté ?

LE CHIRURGIEN

Il n'est que trop vrai. Il en est de même dans les licences de Sorbonne. Que voulez-vous que fassent de jeunes bacheliers à qui la nature parle plus haut et plus ferme que la théologie ? Je puis vous jurer que, proportion gardée, mes confrères et moi nous avons traité plus de jeunes prêtres que de jeunes officiers.

L'HOMME AUX QUARANTE ÉCUS

N'y aurait-il point quelque manière d'extirper cette contagion qui désole l'Europe ? On a déjà tâché d'affaiblir le poison d'une vérole, ne pourra-t-on rien tenter sur l'autre ?

LE CHIRURGIEN

Il n'y aurait qu'un seul moyen, c'est que tous les princes de l'Europe se liguassent ensemble, comme dans les temps de Godefroy de Bouillon. Certainement une croisade contre la vérole serait beaucoup plus raisonnable que ne l'ont été celles qu'on entreprit autrefois si malheureusement contre Saladin, Melecsala, et les Albigeois. Il vaudrait bien mieux s'entendre pour repousser l'ennemi commun du genre humain que d'être continuellement occupé à guetter le moment favorable de dévaster la terre et de couvrir les champs de morts, pour arracher à son voisin deux ou trois villes et quelques villages. Je parle contre mes intérêts : car la guerre et la vérole font ma fortune ; mais il faut être homme avant d'être chirurgien-major.

C'est ainsi que l'homme aux quarante écus se formait, comme on dit, *l'esprit et le cœur*. Non seulement il hérita de ses deux cousines, qui moururent en six mois ; mais il eut encore la succession d'un parent fort éloigné, qui avait été sous-fermier des hôpitaux des armées, et qui s'était fort engraissé en mettant les soldats blessés à la diète. Cet homme n'avait jamais voulu se marier ; il avait un assez joli sérail. Il ne reconnut aucun de ses parents, vécut dans la crapule, et mourut à Paris d'indigestion. C'était un homme, comme on voit, fort utile à l'État.

Notre nouveau philosophe fut obligé d'aller à Paris pour recueillir l'héritage de son parent. D'abord les fermiers du domaine le lui disputèrent. Il eut le bonheur de gagner son procès, et la générosité de donner aux pauvres de son canton, qui n'avaient pas leur contingent de quarante écus de rente, une partie des dépouilles du richard. Après quoi il se mit à satisfaire sa grande passion d'avoir une bibliothèque.

Il lisait tous les matins, faisait des extraits, et le soir il consultait les savants pour savoir en quelle langue le serpent avait parlé à notre bonne mère ; si l'âme est dans le corps calleux ou dans la glande pinéale ; si St. Pierre avait demeuré vingt-cinq ans à Rome ; quelle différence spécifique est entre un trône et une domination, et pourquoi les nègres ont le nez épaté. D'ailleurs il se proposa de ne jamais gouverner l'État, et de ne faire aucune brochure contre les pièces nouvelles. On l'appelait monsieur André ; c'était son nom de baptême. Ceux qui l'ont connu rendent justice à sa modestie et à ses qualités, tant acquises que naturelles. Il a bâti une maison commode dans son ancien domaine de quatre arpents.

Son fils sera bientôt en âge d'aller au collège ; mais il veut qu'il aille au collège d'Harcourt, et non à celui de Mazarin, à cause du professeur Cogé, qui fait des libelles, et parce qu'il ne faut pas qu'un professeur de collège fasse des libelles.

Madame André lui a donné une fille fort jolie, qu'il espère marier à un conseiller de la cour des aides, pourvu que ce magistrat n'ait pas la maladie que le chirurgien-major veut extirper dans l'Europe chrétienne.

GRANDE QUERELLE

Pendant le séjour de monsieur André à Paris, il y eut une querelle importante. Il s'agissait de savoir si Marc-Antonin était un honnête homme, et s'il était en enfer ou en purgatoire, ou dans les limbes, en attendant qu'il ressuscitât. Tous les honnêtes gens prirent le parti de Marc-Antonin. Ils disaient : « Antonin a toujours été juste, sobre, chaste, bienfaisant. Il est vrai qu'il n'a pas en paradis une place aussi belle que St. Antoine ; car il faut des proportions, comme nous l'avons vu ; mais certainement l'âme de l'empereur Antonin n'est point à la broche dans l'enfer. Si elle est en purgatoire, il faut l'en tirer ; il n'y a qu'à dire des messes pour lui. Les jésuites n'ont plus rien à faire ; qu'ils disent trois mille messes pour le repos de l'âme de Marc-Antonin ; ils y gagneront, à quinze sous la pièce, deux mille deux cent cinquante livres. D'ailleurs, on doit du respect à une tête couronnée ; il ne faut pas la damner légèrement. »

Les adversaires de ces bonnes gens prétendaient au contraire qu'il ne fallait accorder aucune composition à Marc-Antonin ; qu'il était un hérétique ; que les carpocratiens et les aloges n'étaient pas si méchants que lui ; qu'il était mort sans confession ; qu'il fallait faire un exemple ; qu'il était bon de le damner pour apprendre à vivre aux empereurs de la Chine et du Japon, à ceux de Perse, de Turquie et de Maroc, aux rois d'Angleterre, de Suède, de Danemark, de Prusse, au stathouder de Hollande, et aux avoyers du canton de Berne, qui n'allaient pas plus à confesse que l'empereur Marc-Antonin ; et qu'enfin c'est un plaisir indicible de donner des décrets contre des souverains morts, quand on ne peut en lancer contre eux de leur vivant, de peur de perdre ses oreilles.

La querelle devint aussi sérieuse que le fut autrefois celle des Ursulines et des Annonciades, qui disputèrent à qui porterait plus longtemps des œufs à la coque entre les fesses sans les casser. On craignit un schisme, comme du temps des cent et un contes de ma mère l'oie, et de certains billets payables au porteur dans l'autre monde. C'est une chose bien épouvantable qu'un schisme : cela signifie *division dans les opinions,* et, jusqu'à ce moment fatal, tous les hommes avaient pensé de même.

Monsieur André, qui est un excellent citoyen, pria les chefs des deux partis à souper. C'est un des bons convives que nous ayons ; son humeur est douce et vive, sa gaieté n'est point bruyante ; il est facile et ouvert ; il n'a point cette sorte d'esprit qui semble vouloir étouffer celui des autres ; l'autorité qu'il se concilie n'est due qu'à ses grâces, à sa modération, et à une physionomie ronde qui est tout à fait persuasive. Il aurait fait souper gaiement ensemble un Corse et un Génois, un représentant de Genève et un négatif, le muphti et un archevêque. Il fit tomber habilement les premiers coups que les disputants se portaient, en détournant la conversation, et en faisant un conte très agréable qui réjouit également les damnants et les damnés. Enfin, quand ils furent un peu en pointe de vin, il leur fit signer que l'âme de l'empereur Marc-Antonin resterait *in statu quo*, c'est-à-dire je ne sais où, en attendant un jugement définitif.

Les âmes des docteurs s'en retournèrent dans leurs limbes paisiblement après le souper : tout fut tranquille. Cet accommodement fit un très grand honneur à l'homme aux quarante écus ; et toutes les fois qu'il s'élevait une dispute bien acariâtre, bien virulente entre des gens lettrés ou non lettrés, on disait aux deux partis : « Messieurs, allez souper chez monsieur André. »

Je connais deux factions acharnées qui, faute d'avoir été souper chez monsieur André, se sont attiré de grands malheurs.

SCÉLÉRAT CHASSÉ

La réputation qu'avait acquise monsieur André d'apaiser les querelles en donnant de bons soupers lui attira, la semaine passée, une singulière visite. Un homme noir, assez mal mis, le dos voûté, la tête penchée sur une épaule, l'œil hagard, les mains fort sales, vint le conjurer de lui donner à souper avec ses ennemis.

« Quels sont vos ennemis, lui dit monsieur André, et qui êtes-vous ? — Hélas ! dit-il, j'avoue, monsieur, qu'on me prend pour un de ces maroufles qui font des libelles pour gagner du pain, et qui crient : *Dieu, Dieu, Dieu, religion, religion,* pour attraper quelque petit bénéfice. On m'accuse d'avoir calomnié les citoyens les plus véritablement religieux, les plus sincères adorateurs de la Divinité, les plus honnêtes gens du royaume. Il est vrai, monsieur, que, dans la chaleur de la composition, il échappe souvent aux gens de mon métier de petites inadvertances qu'on prend pour des erreurs grossières, des écarts que l'on qualifie de mensonges impudents. Notre zèle est regardé comme un mélange affreux de friponnerie et de fantasme. On assure que tandis que nous surprenons la bonne foi de quelques vieilles imbéciles, nous sommes le mépris et l'exécration de tous les honnêtes gens qui savent lire.

« Mes ennemis sont les principaux membres des plus illustres académies de l'Europe, des écrivains honorés, des citoyens bienfaisants. Je viens de mettre en lumière un ouvrage que j'ai intitulé *Antiphilosophique*. Je n'avais que de bonnes intentions mais personne n'a voulu acheter mon livre. Ceux à qui je l'ai présenté l'ont jeté dans le feu, en me disant qu'il n'était pas seulement antiraisonnable, mais antichrétien et très antihonnête.

— Eh bien ! lui dit monsieur André, imitez ceux à qui vous avez présenté votre libelle ; jetez-le dans le feu, et qu'il n'en soit plus parlé. Je loue fort votre repentir ; mais il n'est pas possible que je vous fasse souper avec des gens d'esprit qui ne peuvent être vos ennemis, attendu qu'ils ne vous liront jamais.

— Ne pourriez-vous pas du moins, monsieur, dit le cafard, me réconcilier avec les parents de feu monsieur de Montesquieu, dont j'ai outragé la mémoire pour glorifier le révérend père Routh, qui vint assiéger ses derniers moments, et qui fut chassé de sa chambre ?

— Morbleu ! lui dit monsieur André, il y a longtemps que le révérend père Routh est mort ; allez-vous-en souper avec lui. »

C'est un rude homme que monsieur André, quand il a affaire à cette espèce méchante et sotte. Il sentit que le cafard ne voulait souper chez lui avec des gens de mérite que pour engager une dispute, pour les aller ensuite calomnier, pour écrire contre eux, pour imprimer de nouveaux mensonges. Il le chassa de sa maison, comme on avait chassé Routh de l'appartement du président de Montesquieu.

On ne peut guère tromper monsieur André. Plus il

était simple et naïf quand il était l'homme aux quarante écus, plus il est devenu avisé quand il a connu les hommes.

LE BON SENS DE MONSIEUR ANDRÉ

Comme le bon sens de monsieur André s'est fortifié depuis qu'il a une bibliothèque ! Il vit avec les livres comme avec les hommes ; il choisit ; et il n'est jamais la dupe des noms. Quel plaisir de s'instruire et d'agrandir son âme pour un écu, sans sortir de chez soi !

Il se félicite d'être né dans un temps où la raison humaine commence à se perfectionner.

« Que je serais malheureux, dit-il, si l'âge où je vis était celui du jésuite Garasse, du jésuite Guignard, ou du docteur Boucher, du docteur Aubry, du docteur Guincestre, ou du temps que l'on condamnait aux galères ceux qui écrivaient contre les catégories d'Aristote. »

La misère avait affaibli les ressorts de l'âme de monsieur André, le bien-être leur a rendu leur élasticité. Il y a mille Andrés dans le monde auxquels il n'a manqué qu'un tour de roue de la fortune pour en faire des hommes d'un vrai mérite.

Il est aujourd'hui au fait de toutes les affaires de l'Europe, et surtout des progrès de l'esprit humain.

« Il me semble, me disait-il mardi dernier, que la Raison voyage à petites journées, du nord au midi, avec ses deux intimes amies, l'Expérience et la Tolérance. L'Agriculture et le Commerce l'accompagnent. Elle s'est présentée en Italie ; mais la Congrégation de l'*Indice* l'a repoussée. Tout ce qu'elle a pu faire a été d'envoyer secrètement quelques-uns de ses facteurs, qui ne laissent pas de faire du bien. Encore quelques années, et le pays des Scipions ne sera plus celui des Arlequins enfroqués.

« Elle a de temps en temps de cruels ennemis en

France ; mais elle y a tant d'amis qu'il faudra bien à la fin qu'elle y soit premier ministre.

« Quand elle s'est présentée en Bavière et en Autriche, elle a trouvé deux ou trois grosses têtes à perruque qui l'ont regardée avec des yeux stupides et étonnés. Ils lui ont dit : "Madame, nous n'avons jamais entendu parler de vous ; nous ne vous connaissons pas. — Messieurs, leur a-t-elle répondu, avec le temps vous me connaîtrez et vous m'aimerez. Je suis très bien reçue à Berlin, à Moscou, à Copenhague, à Stockholm. Il y a longtemps que, par le crédit de Locke, de Gordon, de Trenchard, de milord Shaftesbury, et de tant d'autres, j'ai reçu mes lettres de naturalité en Angleterre. Vous m'en accorderez un jour. Je suis la fille du Temps, et j'attends tout de mon père."

« Quand elle a passé sur les frontières de l'Espagne et du Portugal, elle a béni Dieu de voir que les bûchers de l'Inquisition n'étaient plus si souvent allumés ; elle a espéré beaucoup en voyant chasser les jésuites, mais elle a craint qu'en purgeant le pays de renards on ne le laissât exposé aux loups.

« Si elle fait encore des tentatives pour entrer en Italie, on croit qu'elle commencera par s'établir à Venise, et qu'elle séjournera dans le royaume de Naples, malgré toutes les liquéfactions de ce pays-là, qui lui donnent des vapeurs. On prétend qu'elle a un secret infaillible pour détacher les cordons d'une couronne qui sont embarrassés, je ne sais comment, dans ceux d'une tiare, et pour empêcher les haquenées d'aller faire la révérence aux mules. »

Enfin la conversation de monsieur André me réjouit beaucoup ; et plus je le vois, plus je l'aime.

D'UN BON SOUPER CHEZ MONSIEUR ANDRÉ

Nous soupâmes hier ensemble avec un docteur de Sorbonne, monsieur Pinto, célèbre juif, le chapelain de la chapelle réformée de l'ambassadeur batave, le secrétaire de monsieur le prince Gallitzin, du rite grec, un capitaine suisse calviniste, deux philosophes, et trois dames d'esprit.

Le souper fut fort long, et cependant on ne disputa pas plus sur la religion que si aucun des convives n'en avait jamais eu : tant il faut avouer que nous sommes devenus polis ; tant on craint à souper de contrister ses frères ! Il n'en est pas ainsi du régent Cogé, et de l'ex-jésuite Nonotte, et de l'ex-jésuite Patouillet, et de l'ex-jésuite Rotalier, et de tous les animaux de cette espèce. Ces croquants-là vous disent plus de sottises dans une brochure de deux pages que la meilleure compagnie de Paris ne peut dire de choses agréables et instructives dans un souper de quatre heures. Et, ce qu'il y a d'étrange, c'est qu'ils n'oseraient dire en face à personne ce qu'ils ont l'impudence d'imprimer.

La conversation roula d'abord sur une plaisanterie des *Lettres persanes*, dans laquelle on répète, d'après plusieurs graves personnages, que le monde va non seulement en empirant, mais en se dépeuplant tous les jours ; de sorte que si le proverbe *plus on est de fous, plus on rit* a quelque vérité, le rire sera incessamment banni de la terre.

Le docteur de Sorbonne assura qu'en effet le monde était réduit presque à rien. Il cita le père Petau, qui démontre qu'en moins de trois cents ans un seul des fils de Noé (je ne sais si c'est Sem ou Japhet) avait procréé de son corps une série d'enfants qui se montait à six cent vingt-trois milliards six cent douze millions trois cent cinquante-huit mille fidèles, l'an 285 après le déluge universel.

Monsieur André demanda pourquoi, du temps de Philippe le Bel, c'est-à-dire environ trois cents ans après Hugues Capet, il n'y avait pas six cent vingt-trois milliards de princes de la maison royale ? « C'est que la foi est diminuée », dit le docteur de Sorbonne.

On parla beaucoup de Thèbes-aux-cent-portes, et du million de soldats qui sortait par ces portes avec vingt mille chariots de guerre. « Serrez, serrez, disait monsieur André ; je soupçonne, depuis que je me suis mis à lire, que le même génie qui a écrit *Gargantua* écrivait autrefois toutes les histoires.

— Mais enfin, lui dit un des convives, Thèbes, Memphis, Babylone, Ninive, Troie, Séleucie, étaient de grandes villes, et n'existent plus. — Cela est vrai, répondit le secrétaire de monsieur le prince Gallitzin ; mais Moscou, Constantinople, Londres, Paris, Amsterdam, Lyon qui vaut mieux que Troie, toutes les villes de France, d'Allemagne, d'Espagne, et du Nord, étaient alors des déserts. »

Le capitaine suisse, homme très instruit, nous avoua que quand ses ancêtres voulurent quitter leurs montagnes et leurs précipices pour aller s'emparer, comme de raison, d'un pays plus agréable, César, qui vit de ses yeux le dénombrement de ces émigrants, trouva qu'il se montait à trois cent soixante et huit mille, en comptant les vieillards, les enfants, et les femmes. Aujourd'hui, le seul canton de Berne possède autant d'habitants : il n'est pas tout à fait la moitié de la Suisse, et je puis vous assurer que les treize cantons ont au-delà de sept cent vingt mille âmes, en comptant les natifs qui servent ou qui négocient en pays étrangers. Après cela, messieurs les savants, faites des calculs et des systèmes, ils seront aussi faux les uns que les autres.

Ensuite on agita la question si les bourgeois de Rome, du temps des Césars, étaient plus riches que les bourgeois de Paris, du temps de monsieur Silhouette.

« Ah ! ceci me regarde, dit monsieur André. J'ai été longtemps l'homme aux quarante écus ; je crois bien que les citoyens romains en avaient davantage. Ces illustres voleurs de grand chemin avaient pillé les plus beaux pays de l'Asie, de l'Afrique, et de l'Europe. Ils vivaient fort splendidement du fruit de leurs rapines ; mais enfin il y avait des gueux à Rome. Et je suis persuadé que parmi ces vainqueurs du monde il y eut des gens réduits à quarante écus de rente comme je l'ai été.

— Savez-vous bien, lui dit un savant de l'Académie des inscriptions et belles-lettres, que Lucullus dépensait, à chaque souper qu'il donnait dans le salon d'Apollon, trente-neuf mille trois cent soixante et douze livres treize sous de notre monnaie courante ? mais qu'Atticus, le célèbre épicurien Atticus, ne dépensait point par mois, pour sa table, au-delà de deux cent trente-cinq livres tournois ?

— Si cela est, dis-je, il était digne de présider à la confrérie de la lésine, établie depuis peu en Italie. J'ai lu comme vous, dans Florus, cette incroyable anecdote ; mais apparemment que Florus n'avait jamais soupé chez Atticus, ou que son texte a été corrompu, comme tant d'autres, par les copistes. Jamais Florus ne me fera croire que l'ami de César et de Pompée, de Cicéron et d'Antoine, qui mangeaient souvent chez lui, en fût quitte pour un peu moins de dix louis d'or par mois.

Et voilà justement comme on écrit l'histoire. »

Madame André, prenant la parole, dit au savant que, s'il voulait défrayer sa table pour dix fois autant, il lui ferait grand plaisir.

Je suis persuadé que cette soirée de monsieur André valait bien un mois d'Atticus ; et les dames doutèrent fort que les soupers de Rome fussent plus agréables que ceux de Paris. La conversation fut très gaie, quoique un peu savante. Il ne fut parlé ni des modes nouvelles, ni des ridicules d'autrui, ni de l'histoire scandaleuse du jour.

La question du luxe fut traitée à fond. On demanda si c'était le luxe qui avait détruit l'empire romain, et il fut prouvé que les deux empires d'Occident et d'Orient n'avaient été détruits que par la controverse et par des moines. En effet, quand Alaric prit Rome, on n'était occupé que de disputes théologiques ; et quand Mahomet II prit Constantinople, les moines défendaient beaucoup plus l'éternité de la lumière du Tabor, qu'ils voyaient à leur nombril, qu'ils ne défendaient la ville contre les Turcs.

Un de nos savants fit une réflexion qui me frappa beaucoup : c'est que ces deux grands empires sont anéantis, et que les ouvrages de Virgile, d'Horace, et d'Ovide, subsistent.

On ne fit qu'un saut du siècle d'Auguste au siècle de Louis XIV. Une dame demanda pourquoi, avec beaucoup d'esprit, on ne faisait plus guère aujourd'hui d'ouvrages de génie ?

Monsieur André répondit que c'est parce qu'on en avait fait dans le siècle passé. Cette idée était fine et pourtant vraie ; elle fut approfondie. Ensuite on tomba rudement sur un Écossais, qui s'est avisé de donner des règles de goût et de critiquer les plus admirables endroits de Racine sans savoir le français[f]. On traita encore plus sévèrement un Italien

f. Ce Monsieur Home, grand juge d'Écosse, enseigne la manière de faire parler les héros d'une tragédie avec esprit ; et voici un exemple remarquable qu'il rapporte de la tragédie de *Henri IV*, du divin Shakespeare. Le divin Shakespeare introduit milord Falstaff, chef de justice, qui vient de prendre prisonnier le chevalier Jean Coleville, et qui le présente au roi :

« Sire, le voilà, je vous le livre ; je supplie Votre Grâce de faire enregistrer ce fait d'armes parmi les autres de cette journée, ou nommé Denina, qui a dénigré l'*Esprit des lois* sans le comprendre, et qui surtout a censuré ce que l'on aime le mieux dans cet ouvrage.

Cela fit souvenir du mépris affecté que Boileau étalait pour le Tasse. Quelqu'un des convives avança que le Tasse, avec ses défauts, était autant au-dessus d'Homère, que Montesquieu, avec ses défauts encore plus grands, est au-dessus du fatras de Grotius. On s'éleva contre ces mauvaises critiques, dictées par la haine nationale et le préjugé. Le signor Denina fut traité comme il le mĕritait, et comme les pédants le sont par les gens d'esprit.

On remarqua surtout avec beaucoup de sagacité que la plupart des ouvrages littéraires du siècle présent, ainsi que les conversations, roulent sur l'examen des chefs-d'œuvre du dernier siècle. Notre mérite est de discuter leur mérite. Nous sommes comme des enfants déshérités qui font le compte du bien de leurs pères. On avoua que la philosophie avait fait de très grands progrès ; mais que la langue et le style s'étaient un peu corrompus.

C'est le sort de toutes les conversations de passer d'un sujet à un autre. Tous ces objets de curiosité, de science, et de goût disparurent bientôt devant le grand spectacle que l'impératrice de Russie et le roi de

pardieu je le ferai mettre dans une ballade avec mon portrait à la tête ; on verra Coleville me baisant les pieds. Voilà ce que je ferai si vous ne rendez pas ma gloire aussi brillante qu'une pièce de deux sous dorée ; et alors vous me verrez, dans le clair ciel de la renommée, ternir votre splendeur comme la pleine lune efface les charbons éteints de l'élément de l'air, qui ne paraissent autour d'elle que comme des têtes d'épingle. »

C'est cet absurde et abominable galimatias, très fréquent dans le divin Shakespeare, que Monsieur Jean Home propose pour le modèle du bon goût et de l'esprit dans la tragédie. Mais en récompense Monsieur Home trouve l'*Iphigénie* et la *Phèdre* de Racine extrêmement ridicules.

Pologne donnaient au monde. Ils venaient de relever l'humanité écrasée, et d'établir la liberté de conscience dans une partie de la terre beaucoup plus vaste que ne le fut jamais l'empire romain. Ce service rendu au genre humain, cet exemple donné à tant de cours qui se croient politiques, fut célébré comme il devait l'être. On but à la santé de l'impératrice, du roi philosophe, et du primat philosophe, et on leur souhaita beaucoup d'imitateurs. Le docteur de Sorbonne même les admira : car il y a quelques gens de bon sens dans ce corps, comme il y eut autrefois des gens d'esprit chez les Béotiens.

Le secrétaire russe nous étonna par le récit de tous les grands établissements qu'on faisait en Russie. On demanda pourquoi on aimait mieux lire l'histoire de Charles XII, qui a passé sa vie à détruire, que celle de Pierre le Grand, qui a consumé la sienne à créer. Nous conclûmes que la faiblesse et la frivolité sont la cause de cette préférence ; que Charles XII fut le don Quichotte du Nord, et que Pierre en fut le Solon ; que les esprits superficiels préfèrent l'héroïsme extravagant aux grandes vues d'un législateur ; que les détails de la fondation d'une ville leur plaisent moins que la témérité d'un homme qui brave dix mille Turcs avec ses seuls domestiques ; et qu'enfin la plupart des lecteurs aiment mieux s'amuser que s'instruire. De là vient que cent femmes lisent les *Mille et Une Nuits* contre une qui lit deux chapitres de Locke.

De quoi ne parla-t-on point dans ce repas, dont je me souviendrai longtemps ! Il fallut bien enfin dire un mot des acteurs et des actrices, sujet éternel des entretiens de table de Versailles et de Paris. On convint qu'un bon déclamateur était aussi rare qu'un bon poète. Le souper finit par une chanson très jolie qu'un des convives fit pour les dames. Pour moi, j'avoue que le banquet de Platon ne m'aurait pas fait plus de plaisir que celui de monsieur et de madame André.

Nos petits-maîtres et nos petites-maîtresses s'y seraient ennuyés sans doute : ils prétendent être la bonne compagnie ; mais ni monsieur André ni moi ne soupons jamais avec cette bonne compagnie-là.

CATALOGUE LIBRIO

CLASSIQUES

Alphonse Allais
À l'œil - n° 50
Boyer d'Argens
Thérèse philosophe - n° 422
Honoré de Balzac
Le Colonel Chabert - n° 28
Ferragus, chef des Dévorants - n° 226
La Vendetta - n° 302
Jules Barbey d'Aurevilly
Le Bonheur dans le crime - n° 196
Charles Baudelaire
Les Fleurs du Mal - n° 48
Le Spleen de Paris - n° 179
Les Paradis artificiels - n° 212
P. de Beaumarchais
Le Barbier de Séville - n° 139
Le Mariage de Figaro - n° 464
Bernardin de Saint-Pierre
Paul et Virginie - n° 65
Lewis Carroll
Les Aventures d'Alice au pays des merveilles - n° 389
Giacomo Casanova
Plaisirs de bouche - n° 220
John Cleland
Fanny Hill, la fille de joie - n° 423
Benjamin Constant
Adolphe - n° 489
Pierre Corneille
Le Cid - n° 21
Corse noire
Anthologie présentée
par Roger Martin - n° 444
Alphonse Daudet
Lettres de mon moulin - n° 12
Sapho - n° 86
Tartarin de Tarascon - n° 164
Denon Vivant
Point de lendemain - n° 425
Descartes
Le Discours de la méthode - n° 299
Charles Dickens
Un Chant de Noël - n° 146
Denis Diderot
Le Neveu de Rameau - n° 61
La Religieuse - n° 311
Fiodor Dostoïevski
L'Éternel Mari - n° 112
Le Joueur - n° 155
Alexandre Dumas
La Femme au collier de velours - n° 58
L'École [de Chateaubriand à Proust]
Anthologie présentée
par Jérôme Leroy - n° 380
Éloge de l'ivresse [d'Anacréon à Guy Debord]
Anthologie présentée par Sébastien Lapaque et Jérôme Leroy - n° 395
Épicure
Lettres et maximes - n° 363
Gustave Flaubert
Trois contes - n° 45
Anatole France
Le Livre de mon ami - n° 123
Théophile Gautier
Le Roman de la momie - n° 81
La Morte amoureuse - n° 263
La Genèse - n° 90
Khalil Gibran
Le Prophète - n° 185
Goethe
Faust - n° 82
Nicolas Gogol
Le Journal d'un fou - n° 120
La Nuit de Noël - n° 252
Grimm
Blanche-Neige - n° 248
Homère
L'Odyssée *(extraits)* - n° 300
Victor Hugo
Le Dernier Jour d'un condamné - n° 70
La Légende des siècles *(morceaux choisis)* - n° 341
Henry James
Une Vie à Londres - n° 159
Le Tour d'écrou - n° 200
Alfred Jarry
Ubu roi - n° 377
Franz Kafka
La Métamorphose - n° 3
Eugène Labiche
Le Voyage de Monsieur Perrichon - n° 270
Madame de La Fayette
La Princesse de Clèves - n° 57
Jean de La Fontaine
Le Lièvre et la tortue - n° 131

Les Lolitas
Anthologie présentée
par Humbert K. - n° 431

Jack London
Croc-Blanc - n° 347

Longus
Daphnis et Chloé - n° 49

Pierre Louÿs
Manuel de civilité - n° 255
(*pour lecteurs avertis*)

Nicolas Machiavel
Le Prince - n° 163

Stéphane Mallarmé
Poésie - n° 135

Marivaux
La Dispute - n° 477

Karl Marx et Friedrich Engels
Manifeste du parti communiste - n° 210

Guy de Maupassant
Le Horla - n° 1
Boule de Suif - n° 27
Une Partie de campagne - n° 29
La Maison Tellier - n° 44
Une Vie - n° 109
Pierre et Jean - n° 151
La Petite Roque - n° 217
Le Docteur Héraclius Gloss - n° 282
Miss Harriet - n° 318

Prosper Mérimée
Carmen - n° 13
Mateo Falcone - n° 98
Colomba - n° 167
La Vénus d'Ille - n° 236
La Double Méprise - n° 316

Mignonne, allons voir si la rose...
[La poésie du XVIe siècle]
Anthologie présentée
par Henry Bauchau - n° 458

Les Mille et Une Nuits
Histoire de Sindbad le Marin - n° 147
Aladdin ou la Lampe merveilleuse - n° 191
Ali Baba et les quarante voleurs - n° 298

Mirabeau
L'Éducation de Laure - n° 256
(pour lecteurs avertis)

Molière
Dom Juan - n° 14
Les Fourberies de Scapin - n° 181
Le Bourgeois Gentilhomme - n° 235
L'École des femmes - n° 277
L'Avare - n° 339
Le Tartuffe - n° 476

Thomas More
L'Utopie - n° 317

Alfred de Musset
Les Caprices de Marianne - n° 39

Andréa de Nerciat
Le Doctorat impromptu - n° 424

Gérard de Nerval
Aurélia - n° 23
Sylvie - n° 436

Ovide
L'Art d'aimer - n° 11

Charles Perrault
Contes de ma mère l'Oye - n° 32

Platon
Le Banquet - n° 76

Edgar Allan Poe
Double assassinat dans la rue Morgue - n° 26
Le Scarabée d'or - n° 93
Le Chat noir - n° 213
La Chute de la maison Usher - n° 293
Ligeia - n° 490

La Poésie des romantiques
Anthologie présentée
par Bernard Vargaftig - n° 262

Alexandre Pouchkine
La Fille du capitaine - n° 24
La Dame de pique - n° 74

Abbé du Prat
Vénus dans le cloître - n° 421

Abbé Prévost
Manon Lescaut - n° 94

Marcel Proust
Sur la lecture - n° 375
Un amour de Swann - n° 430

Jean Racine
Phèdre - n° 301
Britannicus - n° 390
Andromaque - n° 469

Raymond Radiguet
Le Diable au corps - n° 8
Le Bal du comte d'Orgel - n° 156

Jules Renard
Poil de Carotte - n° 25

Arthur Rimbaud
Le Bateau ivre - n° 18
Les Illuminations *suivi de*
Une Saison en enfer - n° 385

Edmond Rostand
Cyrano de Bergerac - n° 116

Jean-Jacques Rousseau
De l'inégalité parmi les hommes - n° 340

Saint Jean
L'Apocalypse - n° 329

Saint Jean de la croix
Dans une nuit obscure - n° 448
(éd. bilingue français-espagnol)

George Sand
La Mare au diable - n° 78
La Petite Fadette - n° 205
Scènes gourmandes - n° 286

Les Sept Péchés capitaux
Anthologies présentées
par Sébastien Lapaque
Orgueil - n° 414
Envie - n° 415
Avarice - n° 416
Paresse - n° 417
Colère - n° 418
Luxure - n° 419
Gourmandise - n° 420
Comtesse de Ségur
Les Malheurs de Sophie - n° 410
Madame de Sévigné
« Ma chère bonne... » - n° 401
William Shakespeare
Roméo et Juliette - n° 9
Hamlet - n° 54
Othello - n° 108
Macbeth - n° 178
Le Roi Lear - n° 351
Si la philosophie m'était contée
[de Platon à Gilles Deleuze]
Anthologie présentée par Guillaume
Pigeard de Gurbert - n° 403
Sophocle
Œdipe roi - n° 30
Le Temps des merveilles
[contes populaires des pays de France]
Anthologie présentée
par Jean Markale - n° 297
Stendhal
Le Coffre et le revenant - n° 221
Robert Louis Stevenson
Olalla des Montagnes - n° 73
Le Cas étrange du Dr Jekyll et de
M. Hyde - n° 113
Jonathan Swift
Le Voyage à Lilliput - n° 378
Anton Tchekhov
La Dame au petit chien - n° 142
La Salle numéro 6 - n° 189
Léon Tolstoï
Hadji Mourad - n° 85
La Mort d'Ivan Ilitch - n° 287
Ivan Tourgueniev
Premier amour - n° 17
Les Eaux printanières - n° 371
Tristan et Iseut - n° 357
Mark Twain
Trois mille ans chez les microbes - n° 176
Vâtsyâyana
Les Kâma Sûtra - n° 152
Paul Verlaine
Poèmes saturniens - n° 62
Romances sans paroles - n° 187
Poèmes érotiques - n° 257
(*pour lecteurs avertis*)
Jules Verne
Le Château des Carpathes - n° 171
Les Indes noires - n° 227
Une ville flottante - n° 346
Voltaire
Candide - n° 31
Zadig ou la Destinée - n° 77
L'Ingénu - n° 180
La Princesse de Babylone - n° 356
Émile Zola
La Mort d'Olivier Bécaille - n° 42
Naïs - n° 127
L'Attaque du moulin - n° 182

Librio

180

Achevé d'imprimer en Europe
à Pössneck (Thuringe, Allemagne)
en mars 2002 pour le compte de EJL
84, rue de Grenelle 75007 Paris
Dépôt légal mars 2002.
1er dépôt légal dans la collection : juillet 1997

Diffusion France et étranger : Flammarion